어느 날
내가
죽엇습니다

어느 날 내가 죽었습니다

이경혜

BARAM
BOOKS

어느 날   내가   죽었습니다

아직 떠날 수 없는 나이에
꽃잎이 흩날리듯 사라져 간 모든 소년들에게

프롤로그

"유미야, 저…… 내가 부탁이 있거든. 한번 날 좀 만나 주겠니?"

아주머니의 전화는 내게 너무나 뜻밖이었다.

아주머니가 나한테 부탁할 일이 뭐가 있을지 아무리 생각해도 알 수가 없었다. 재준이가 그렇게 어이없이 죽은 지 벌써 두 달이 지났지만 나는 재준이네 집으로 한 번도 찾아가지 않았다. 재준이와 그다지 친하지 않았던 아이들까지 한두 번은 재준이네를 찾아가 아주머니를 위로해 드리고 왔건만 재준이와 둘도 없는 친구였던 나는 오히려 그 집 쪽으로 발걸음도 내딛지 않았다. 그건 아주머니도 마찬가지였다. 아이들에게 내 안부를 가끔 묻기는 했어도 다녀가란 말도 하지 않았고, 전화를 거는 일도 없었다.

　나는 아주머니를 볼 자신이 없었다. 아주머니를 만나면 재준이가 죽었다는 실감이 몰아칠 게 뻔했고, 그럴 때의 고통을 도무지 이겨 낼 수 없을 것 같았다. 아주머니 심정도 그러려니 짐작한 채 두 달을 연락 없이 지냈다. 그렇게 지냈던 터라 아주머니가 갑자기 전화를 하리라고는 생각도 못 했던 것이다. 약속 장소로 나가는데 눈시울부터 미리 젖어 왔다. 이러다 아주머니를 보자마자 눈물을 터뜨리지나 않을지 가슴이 조마조마했다.

　아주머니는 찻집 구석 창가에 조용히 앉아 물끄러미 창밖을 내다보고 있었다. 그 모습이 꼭 바싹 말린 꽃 같았다. 두 달 새 온몸에서 물기가 다 빠져나간 것처럼.

　"아주머니……."

　나는 선 채로 그 말만을 겨우 꺼냈다. 걱정했던 것처럼 눈물이 터지지는 않았지만 안녕하시냐든가 잘 지내셨냐든가 그런 인사는 목에 걸려 나오지 않았다.

　"아, 그래, 유미 왔구나. 얼른 앉아라."

　아주머니는 창가에서 눈을 돌려 나를 보며 희미하게 웃었다. 하지만 나를 보는 순간 아주머니의 눈에는 당장 그렁그렁 물기가 맺혔다.

나 역시 눈물이 치밀어 올라 고개를 숙였다. 이럴까 봐 만나지 않았던 건데…….

아주머니는 손등으로 눈가를 닦고는 다시 나를 보며 웃었다. 나도 가까스로 눈물을 참고 아주머니를 보며 웃었다.

"학교 잘 다니지?"

아주머니가 물었다.

"네……."

"네가 많이 보고 싶었다……."

"죄, 죄송해요……."

"아니다. 나도 연락 한번 안 했잖니……. 네가 보고 싶으면서도 한편으론 널 볼 자신이 없었어……."

나는 아무 말도 할 수가 없었다.

"내가 갑자기 널 보자고 한 건……."

그러면서 아주머니는 가방에서 공책 한 권을 꺼내 나한테 내밀었다.

파란 표지의 공책, 나는 단번에 그것을 알아보았다. 그것은 내가 재준이에게 선물했던 일기장이었다.

"이거, 재준이 일기장인데…… 어제 우연히 찾았거든. 그런데……

이걸 네가 먼저 좀 읽어 봐 줬으면 해서…….”

“네? 왜 직접 안 읽으시고…….”

말은 그렇게 하면서도 나는 별생각 없이 그 일기장을 받았다. 하지만 무심코 겉장을 넘기던 나는 첫 장에 쓰인 말을 읽곤 그만 화들짝 놀라 일기장을 도로 덮고 말았다.

어느 날 내가 죽었습니다.

내 죽음의 의미는 무엇일까요?

차가운 물을 뒤집어쓴 것처럼 갑자기 온몸이 덜덜 떨렸다. 일기장 위에 놓인 내 손끝도 바들바들 떨렸다.

그런 내 모습을 보며 아주머니가 말했다.

“너도 놀랐구나. 유미야, 이게 대체 뭔 말이니? 난…… 난 가슴이 떨려 도무지 한 장도 읽을 수가 없더구나.”

아주머니는 젖은 몸을 털듯 몸서리를 쳤다.

“네가 우리 재준이랑 제일 친한 친구였으니까 내 대신 좀 읽어 줬으면…… 난…… 난…….”

아주머니는 기어코 울음을 터뜨렸다.

"아주머니……."

나 역시 그렇게 부르기만 해 놓고 목이 메어 더 이상 말을 잇지 못했다.

재준이, 내 친구 재준이, 내가 이 세상에 태어나서 가장 좋아한 친구 재준이, 갑자기 꽃잎이 흩날리듯 사라져 버린 내 친구 재준이…….

뺨 위로 눈물이 흘러내렸다. 하지만 나는 흐르는 눈물을 닦아 냈다. 내가 이러면 아주머니의 심정은 어떨 것인가?

"미, 미안하다, 유미야. 아무리 안 울려고 해도……."

아주머니의 어깨가 들먹거렸다. 울지 않으려고 기를 쓰는 것이리라.

"괜찮아요. 실컷 우세요……."

옆자리에 앉은 손님들이 힐끔힐끔 우리를 쳐다보았지만 나는 그렇게 말했다. 이 세상 어느 누구도 아들 잃은 어머니의 울음을 막을 권리는 없을 테니까.

나는 아주머니의 울음이 잦아들 때까지 가만히 기다렸다.

내 머릿속으로도 재준이의 모습이 파고들어 금방이라도 눈물이 터질 것 같았지만 나는 억지로 생각을 돌려 모레로 닥친 중간고사를 떠올렸다. 중학교 3학년 2학기 중간고사는 그대로 진학 성적으로 들어간다. 그런데 나는 아직 시험 범위조차 알아 놓지 않았다. 가장 친한 친구의 죽음 앞에 중간고사가 무슨 대수란 말인가. 아, 다시 또 재준이 생각으로 돌아가는구나.

나는 파란 표지의 일기장 위로 눈길을 돌렸다.

어느 날 내가 죽었다니, 불길한 예언 같은 그 말이 다시금 내 심장을 조여 왔다.

애는 왜 이런 말을 썼을까? 혹시 재준이가……?

나는 고개를 흔들었다. 그럴 리는 없었다. 재준이는 죽음에 대해 관심이 많기는 했지만 결코 스스로 목숨을 끊을 아이는 아니었다. 그렇다면 왜……?

"이제 괜찮다. 정말 미안하구나. 유미야…… 그거…… 어떻게…… 읽어 봐 줄 수 있겠니?"

겨우 울음을 멈춘 아주머니가 말했다.

"예, 읽어 볼게요. 그런데…… 저도 좀 오래 걸릴지 몰라요. 그냥 잊고 계시면……."

내가 나지막한 목소리로 말했다.

"그래, 그래…… 내 잊고 있을 테니, 다 읽고, 나한테 해 주고 싶은 얘기가 생기면 그때 연락하렴."

아주머니는 그렇게 말하더니 다시 멀리 창밖으로 눈길을 던졌다. 아주머니의 옆모습을 무심코 바라보던 나는 그 얼굴 속에서 다시 재준이를 찾아냈다. 하얀 피부, 섬세한 얼굴선, 내리깔린 속눈썹…….

재준이는 아주머니의 얼굴 속에도 남아 있었다.

아무래도 너를 피할 수가 없어. 넌 아직 너무나 많은 곳에 남아 있구나…….

나는 혼자 속으로 중얼거렸다.

아주머니와 헤어진 뒤 나는 아무 버스에나 올라탔다.

그저 버스에 몸을 실은 채 여기저기 헤매다 들어가고 싶었다. 자꾸만 눈물이 쏟아지려 해서 참기가 힘들었다. 버스에는 사람이 거의 없었다. 뒤쪽 빈자리에 앉아 차창 밖을 보는데 마침 버스 옆으로 중국집 철가방을 든 오토바이가 쌩 하고 지나갔다.

그 순간 나도 모르게 가슴이 철렁 내려앉았다.

어떻게 그날을 잊을 수 있을까?

그날은 일요일이었다. 일요일 새벽 3시.

나는 꼬박 밤을 새운 채 책상 앞에 앉아 있었다. 전날 밤늦게까지 〈판타스틱 소녀 백서〉를 비디오로 보고 『20세기 소년』 만화책도 9권까지 읽은 다음, 그래도 왠지 마음이 허전해 책상에 앉아 노래 가사를 써 보고 있었다. 발밑에는 고양이 검비가 몸을 웅크린 채 갸르릉거리며 자고 있었다.

밤이 깊어도 죽음은 오지 않네
흐르는 강물에 청춘을 내던져라
오늘 그대는 살았는가
내일 그대는 살았는가

새아빠는 말했다. 네가 사는 모습 그대로, 네가 느끼는 그대로 편하게 써 봐, 그게 좋은 노래 가사야.

하지만 나는 그러고 싶지 않았다. 내가 사는 모습 그대로 쓰면 무슨 재미람. 일어나서 학교 가고, 야단 맞고, 공부하고, 졸다가 집에 와서 텔레비전 보고 자는 거, 내가 느끼는 거라고 해 봤자 애들한테 짜증나고, 선생님들 미워 죽겠고, 엄마한테 화나고, 그런 거밖에 더 있나 말이다.

나는 죽음이니 청춘이니 절망, 그런 말들을 잔뜩 넣어서 노래 가사를 쓰고 싶었다. 사랑, 고독, 그런 말들은 닭살 돋게 싫었지만 죽음이나 절망, 청춘, 그런 말들은 아무리 써도 질리지 않았다.

아침이 와도 죽음은 가지 않네

눈 쌓인 산 위에서 청춘을 포획하라

오늘 그대는 살았는가

내일 그대는 살았는가

새아빠가 봤으면 분명 또 혀를 찼겠지만 재준이라면 분명 눈을 빛
내며 칭찬해 줄 가사였다. 포획이라니, 너무 멋진 말이었다. 마음에
들었다. 이 좋은 기분을 재준이에게 당장 전하고 싶었다. 이 시각에
야 떼메고 가도 모를 만큼 깊이 잠들어 있겠지, 그래도 한 줄이라도
보내 줘야지. 나는 핸드폰을 꺼내 문자를 보냈다.

가사완성축하해줘밤이깊어도죽음은오지않네첫줄이야죽이지않
나깨는대로답보내잘자……

그 시간에 재준이는 텅 빈 거리를 날아올랐다. 자유로운 새처럼,
믿을 수 없는 속도로.

그리고 추락해 부서졌다. 깨진 벽돌처럼, 믿을 수 없는 모습으로.

밤이 깊어도 죽음은 오지 않네······

재준이는 그 자리에서 즉사했다.

01

/

파란 표지의
일기장

바다 빛깔처럼 파란 표지의 일기장이 책상 위에 얌전히 놓여져 있다.

나는 침대에 앉은 채 물끄러미 그 일기장을 바라보고 있다.

저 바다 빛깔처럼 파란 표지의 일기장은 바로 내가 재준이에게 선물한 것이었다.

작년 크리스마스 때, 새해 일기장으로 쓰라면서 준 선물. 그때 재준이는 내게 무엇을 선물했던가, 나는 가만히 이마를 좁힌 채 기억을 되살리려 애써 본다.

우리는 지난해, 중학교 2학년 때의 크리스마스이브를 같이 보냈다. 함께 기차를 타고 춘천까지 갔다 왔다.

그때 나란히 앉아 바라본 차창 밖으로는 폭설이 내리고 있었다.

"야, 그래도 하느님이 우릴 불쌍히 여기시고 눈이라도 펑펑 인심 쓰시는구나."

재준이가 일부러 쾌활하게 웃으며 농담을 했다. 도무지 우울한 기분을 떨치지 못해 내내 고개를 푹 숙이고 있던 나에 대한 배려였다. 하지만 사실 우울하긴 재준이도 마찬가지였으리라.

우리는 무슨 일이 있어도 크리스마스이브를 사랑하는 사람과 보내고 싶었다. 그러니까 나는 위정하와 보내고 싶었고, 재준이는 정소희와 보내고 싶었던 것이다. 나와 재준이는 물론 서로 가장 가까운 친구이긴 했지만, 크리스마스란 연인을 위해 있는 날이지, 친구를 위해 있는 날은 아니었다. 그래서 우리는 장장 두 달 동안이나 그일을 성사시키기 위해 투자해 오지 않았던가.

우리 둘은 각기 짝사랑에 빠져 있었던 만큼 일단 상대의 관심을 끌고, 자신의 마음을 고백하고, 그래서 크리스마스를 함께 보낼 수 있게 될 수 있도록 나름대로 서로 의논해 가며 공작을 해 왔던 것이다. 친구가 이성이란 것은 그럴 때 가장 쓸모 있었다. 나는 같은 여자로서 정소희의 마음을 얻을 수 있는 방법을 충고해 주었고, 재준이는 같은 남자로서 위정하의 눈길을 끌 방법을 알려 주었다.

그런데 우리는 보기 좋게 둘 다 딱지를 맞고 말았다.

위정하는 내게 말했다.

"유미야, 나, 너 좋아해. 너, 매력 있어. 반항적이고, 터프하고, 섹시해. 그런데도 내게 넌 여자로 느껴지진 않거든. 하긴 너같이 근사한 애를 애인으로 만들긴 아깝잖아? 난 너랑 친구로 잘 지내고 싶단 말야."

누가 버터대왕이라고 안 할까 봐 아주 살살 녹는 말만 느끼하게 잘도 늘어놓던 그놈, 나는 지금도 그때를 생각하면 얼굴이 홧홧 달아올랐다.

"아주 혓바닥을 버터로 만들었구나, 넌."

그렇게 탁 쏘아 주고 나와 버렸지만 그 느글거리는 말 속에 들어 있는 진실은 단 한 가지였다. 위정하는 나를 결코 사랑하지 않는다는 것.

아무리 성격 터프한 나였지만 그간 들인 공이 얼마이며, 막상 고백을 하기까지는 얼마나 마음을 졸였던가.

교문을 나서는데 거짓말같이 뺨 위로 눈물이 주르르 흘러내렸다.

뭐, 반항적이고, 터프하고, 섹시하다구? ……흥, 날라리 주제에 입만 살아 가지고, 미친놈, 드러운 놈, 능글맞고, 느끼한 놈…….

하지만 입으로 온갖 욕을 퍼붓고 있어도 그 느끼하고 능글맞은 날라리한테 반해서 정신을 못 차리고 있는 것은 바로 내 자신이었다.

얼마를 울면서 그렇게 걸었던가. 추운 줄도 모르고, 남들이 쳐다보든 말든 나는 눈물을 평평 쏟으며 그렇게 걸어가고 있었다. 그렇게 걷다 눈에 띈 버스 정류장 앞에 멈춰 섰을 때였다. 누군가의 손이 내 어깨 위로 부드럽게 얹어지는 게 느껴졌다.

그 순간 내 심장은 얼어붙을 뻔하였다. 혹시나…… 안 돼, 이렇게 울어서 퉁퉁 부은 얼굴을 보여선 안 돼. 나는 고개를 돌리지도 못한 채 안절부절못하고 있었다.

"유미야……."

하지만 목소리를 듣는 순간 거짓말처럼 온몸의 긴장이 확 풀렸다. 그것은 위정하가 아닌 황재준의 목소리였다. 나는 당장 뒤를 돌아보았다.

"학교 앞부터 계속 따라왔는데도 너, 모르더라. 울기는 왜 그렇게 우냐? 이 오래비가 돌아가신 것도 아닌데……."

재준이가 부드럽게 웃으며 나를 바라보고 있었다.

나는 이런 순간, 그 애가 나타나 준 게 한편으론 반가웠지만 한편으론 몹시 창피스러워서 괜히 토라진 척하였다.

"피, 니가 무슨 형사냐? 왜 뒤는 졸졸 밟고 야단이야?"

"나만 혼자 차이면 배 아파서 기다렸다, 왜?"

말은 그렇게 해도 재준이의 눈은 다정하게 웃고 있었다.

"나도 정소희를 엔간히 좋아하지만, 너도 위정하 그 녀석한테 빠지긴 풍덩 빠졌다! 이렇게 질질 짜는 걸 보니……."

"그래, 나도 차여서 속이 시원하겠구나! 나, 차이라고 계속 빌었지?"

"아이구, 빌긴 뭘 빌어? 널 데리고 살 것도 아닌데. 근데 그렇게 엉엉 울어 대니 마음이 좀 안 좋긴 하다. 자, 이 오래비를 따라오라구. 내가 따끈따끈한 단팥죽 한 그릇 사 줄 테니까."

"나, 단 거 싫어하는 거 알면서 그래? 단팥죽이라니, 무슨 지금이 60년대냐?"

"그런가? 하하, 어제 본 영화에 그런 대사가 나와서 말이지. 어쨌든 날 따라와. 이 오래비, 지금 돈 있다. 피자라도 사 줄 수 있어. 좋지, 피자는?"

피자라니 그 와중에도 군침이 돌았다. 나는 군말 않고 재준이를 따라 피자를 먹으러 갔다.

피자집에 앉아서는 웬 돈인지 묻지도 않고, 끈적끈적 늘어지는 피자를 게눈 감추듯 맛있게 먹었다.

한참 먹고 있는데, 가만히 나를 쳐다보던 재준이가 피식, 웃었다.

"왜 웃어? 기분 나쁘게?"

내가 피자를 입에 넣은 채 우물거리면서 묻자 재준이는 얼른 손을 흔들며 말했다.

"아, 안 웃을게. 얼른 먹어. 아깐 금방 죽을 애 같더니 피자는 잘만 먹으니까 안 웃기냐? 그래도 이 오래비가 최고지? 피자도 사 주고?"

재준이는 장난스럽게 말했지만 나는 그 순간 진심으로 재준이가 고맙게 생각되었다.

"그래, 정말이야. 재준이, 네가 나한텐 최고야."

내가 그렇게 진지하게 말하자 오히려 재준이는 머쓱해하며 되받았다.

"참, 그런 말을 다 하고. 어지간히 배가 고프긴 고팠나 보다. 너, 오늘 고백할 때 이뻐 보이려고 어젯밤부터 굶었지? 그치?"

나는 눈을 동그랗게 뜨고 재준이를 바라보았다. 저 녀석이 그런 비밀을 어떻게 알았지?

"맞구나. 아휴, 참, 솔직히 말해서 위정하, 그 날라리 녀석이 어디가 좋냐? 걔, 남자애들 사이에선 밥맛이야. 자고로 좋은 남자란 친구가 많은 남자란 것도 모르냐?"

"그래, 정소희는 뭐, 여자애들이 좋아하는 줄 아냐? 걘 공주병 중증이야."

"하긴…… 우린 왜 둘 다 그런 애들한테 반해서 이 야단이냐?"

"바보니까 그렇지. 바보, 빙신……."

"하하, 맞아. 근데 사랑에 빠지면 다 바보가 되는 거야. 그나저나 넌 이 오래비가 무슨 일로 돈을 벌었는지는 궁금하지도 않냐?"

"말끝마다 오래비는……. 생일이라곤 한 달 먼저인 주제에……. 그래, 어서 났냐, 돈은?"

"저, 저 말뽄새 좀 봐라. 나, 리니지 해서 돈 번 거다. 어때, 굉장하지?"

"진짜? 얼마나 벌었어?"

"30만원!"

"으악! 말도 안 돼."

나는 놀라서 들고 있던 피자를 떨어뜨릴 뻔하였다.

"이 녀석이 오래비 말을 못 믿어?"

재준이의 얼굴은 승리감으로 환하게 빛났다. 사흘 전 정소희한테

25

거절당하고 나한테 와서 눈물을 질질 짜던 그 재준이는 어느새 사라지고 없었다.

"돈이 좋긴 좋구나. 실연의 상처도 낫게 해 주고!"

재준이가 기분이 좋아진 게 몹시 기쁘면서도 내 입에서는 그렇게 삐딱한 말만 흘러나왔다.

"히히!"

자기도 멋쩍은지 재준이는 웃으며 머리를 긁었다.

"어쨌든 잘됐다. 돈도 생겼구, 우리, 차인 사람끼리 크리스마스 멋지게 보내는 게 어때?"

나는 일부러 더 활기차게 큰 소리로 말했다. 아직 마음 한구석은 쓰라렸지만 나를 이렇게 위로해 주는 재준이에게 조금은 미안해서였다.

"좋지! 사실은 나도 그 말 하려고 기다렸던 거야."

"뭐? 그랬다가 만약 내가 위정하랑 잘되었으면?"

"그럴 리가 있냐? 정하 걔가 무슨 눈이 있는 애냐? 걘 너 못 알아봐."

참, 저런 말이 칭찬인지 욕인지 아리송했지만 그래도 나는 털이 보드라운 새끼 고양이 한 마리를 가슴에 꼭 껴안은 것처럼 마음이

포근해졌다.

"피, 너도 나 못 알아보잖아? 그래서 다행이긴 하다만……."

내가 괜히 트집을 잡자 재준이가 대꾸했다.

"그거하고 그거하곤 다르지. 어쨌든 우리 24일 날 춘천 갔다 오자. 기차 타고!"

"춘천? 난, 한 번도 안 가 봤는데……."

"모든 정보는 내가 다 알아 놓을 테니까 넌 그저 몸만 빠져나오면 돼. 참, 니네 디카 있지? 그것만 갖고 나와. 우리의 솔로 파티를 기억에 남겨야지. 오케바리?"

"오케바리 당근이지!"

그렇게 떠나온 여행길이었다. 서울을 떠날 때부터 조금씩 내리기 시작하던 눈은 하늘에 흰 커튼이라도 두른 듯 어느새 폭설이 되어 내리고 있었다.

사실 전날 밤만 해도 나는 재준이랑 가든 누구랑 가든 춘천에 기차 타고 간다는 게 좋아서 이것저것 옷도 꺼내 입어 보고, 가슴이 설레어 잠을 이루지 못했다.

하지만 막상 하늘에서 한두 송이씩 눈발이 흩날리기 시작하자 다시금 아린 상처처럼 위정하의 모습이 떠올랐다. 위정하, 반쯤 감은 듯 내려 보는 그 게슴츠레한 눈길, 날렵한 코, 나도 키가 큰 편이었지만 옆에 서면 어깨에도 닿지 않을 만큼 커다란 키, 닭살이 돋을 듯싶으면서도 왜 그런지 오금이 저리게 하는 목소리…….

인간성이 좋은 애가 아니란 건 잘 알고 있었다. 여자애들이나 밝히고, 남자애들 사이에선 의리 없고, 약삭빠르다고 쳐주지 않는 애란 것도…….

그런데도 마음이 끌리는 건 어쩔 수 없었다.

처음엔 나도 위정하에게 전혀 눈길도 주지 않았다. 싸가지 없고, 밥맛 없는 애라고만 생각했다. 그런데 지난 소풍 때 그 애가 기타를 들고 와 엘비스 프레슬리의 '러브 미 텐더'를 부르는데 그만 넋이 나가고 말았다.

정하는 일부러 장난치느라고 마침 옆에 앉았던 나를 향해 느끼한 눈길을 보내는 시늉을 과장되게 하며 노래를 불렀는데, 처음엔 그 꼴을 우습게 여기던 내가 어느 순간 그 눈길 앞에 흔들리고 만 것이다. 며칠 내내 그 애의 눈길이 온몸에 달라붙은 채 떨어지지 않았다. 위정하의 모습이 망막에 착 달라붙어 내내 눈앞에 어른거렸고, 그 느끼한 노래는 귀청 속에서 자동 반복 테이프처럼 끝없이 돌았다.

그렇게 나는 사랑에 빠졌고, 이렇게 보기 좋게 차이고 말았다. 정하가 한 말들은 토씨 하나 빼지 않고 내 심장에 불로 지진 듯이 새겨졌다. 차라리, 난 네가 싫어, 라고 했다면 화끈한 성격인 나에겐 오히려 쉬웠을까?

여자로 느껴지지 않는다, 애인으로 삼긴 아깝다, 그런 말들이 주는 모욕감은 단순하게 싫다는 말보다 훨씬 더 컸다. 그 속엔 대등하지 않은 상대를 위로하려는 오만이 묻어 있기 때문이었다. 태어나서 처음으로 남자에게 해 본 고백, 난 네가 좋아, 나랑 크리스마스 함께 보내지 않을래, 그 두 마디의 말을 밤새 연습해서 한 건데…….

그 애는 그 말 속에 들어 있던 모든 뜻을 파악하고 거기에 위로까지 버무려 내놓았다. 아무리 떨치려고 해도 그 생각은 떨쳐지지 않았다. 재준이랑 재미있게 놀면서 가려고 했던 건데, 마음이 이 모양이니 미안했지만 어쩔 수가 없었다.

내가 대꾸가 없자 재준이도 입을 다물었다. 우리는 말없이 눈이 내리는 창밖만을 바라본 채 춘천까지 갔다. 재준이도 자신의 아픈 기억 속에 잠겼으리라.

재준이가 짜 온 일정대로 우리는 경치가 아름다운 소양호에 들렀다가 춘천의 일번가인 명동으로 가서 닭갈비를 맛있게 먹었다. 먹을 때만은 우울함도 접고, 철판에 눌어붙은 것까지 박박 다 긁어 먹었다. 그러다 서로 마주 보고 한참을 웃기도 했다.

우울했지만 어딘가 달콤한 여행이었다. 닭갈비를 먹고 거리에 나서자 어느새 날이 저물어 가고 있었다. 그새 눈은 그쳐 있었지만 눈 쌓인 거리는 온통 하얬고, 크리스마스 캐롤이 낭만적으로 울려 퍼지고 있었다.

한참 폼 잡고 사진도 찍고 하다가 내가 불쑥 말했다.

"나, 술 사 줘."

내 말에 재준이는 피식, 웃으면서도 나를 데리고 컴컴한 술집으로 들어갔다.

하지만 우리의 앳된 얼굴은 가릴 길이 없었다. 그래도 나는 키도 크고 성숙해 보여서 얼핏 대학생으로 보는 사람도 있었지만, 재준이는 얼굴에 '아직 자라는 중입니다'란 글자를 크게 써 붙인 것처럼 나이 어린 티가 확 나는 데다 키까지 작아 별도리가 없었다. 단박에 우리는 쫓겨나고 말았다. 하지만 그대로 돌아가기는 억울했다.

이번엔 나 혼자 편의점으로 들어가서 소주 한 병과 참치 통조림을 샀다. 편의점 주인은 크리스마스 특집 가요대전을 보느라 내 얼굴을 유심히 보지 않았다.

내 손에 들린 술병을 보면서 재준이는 머리를 긁적였다.

"에이, 남자 체면이 말이 아니군."

"니가 무슨 남자냐? 소년이지."

"소년은 남자 아니냐?"

"소년은 죽어야 남자가 되는 거야. 우리 새아빠가 쓴 노래 가사에 나온다, 너."

"으익? 내가 죽어야 남자가 된다구?"

"누가 너더러 죽으래? 네 속의 소년이 죽어야 남자가 된다는 거지. 멍청이."

"히히, 어쨌거나 좋다. 오늘 같으면 이대로 죽지 말고 소년이고 싶다. 영원히 남자가 되지 말고……."

"그래라. 넌 소년이 딱 어울려. 네 얼굴은 어떻게 변해도 남자가 될 것 같지 않아."

"정말? 그래서 정소희도 나를 찬 걸까? 걘 내가 귀여운 남동생 같다잖아?"

"하하하, 그렇게도 보인다만 그건 그 애가 보는 눈이 없어서야. 귀여운 남동생은 우리 집에 있고, 넌 짓궂고 못된 남동생 같거든."

"뭐야? 저는 아줌마 같은 주제에!"

"이게!"

우리는 길가에 선 채 눈을 뭉쳐 서로에게 던졌다. 지나가던 사람들이 힐끔거리든 말든.

결국 술은 돌아오는 기차 안에서 마셨다. 그것도 괜찮았다. 어두운 차창 밖을 바라보면서 서로의 슬픈 사랑을 안주 삼아 우리 둘은 낄낄거리며 술을 마셨다. 소풍이나 수학여행 가서 한두 잔씩은 마셔 보았지만 과학실 알코올을 그냥 마시는 것처럼 독하고 맛없는 게 소주였는데, 그날 처음으로 나는 온몸으로 짜르르 퍼져 가는 소주의 맛을 알았다.

어쨌든 네가 지금 내 곁에 있어 줘서 너무 좋아, 그런 말이 마음속에서 자꾸만 되뇌어졌다. 입으로는 간지러워서 못 할 말이었지만.

"아 참, 선물 교환해야지. 그래도 크리스마스이브인데."

내 말에 재준이도 무엇인가를 부스럭거리며 꺼냈다.

내가 먼저 선물을 건넸다. 재준이도 나한테 무엇인가를 주었다.

그게 뭐였더라, 뭐였더라⋯⋯.

재준이는 내 선물의 포장을 뜯어 보더니 난감한 표정이 되었다.

지금 책상에 놓여 있는 저 파란 일기장.

"예쁘긴 한데, 이거 일기장이잖아?"

"그래, 이제 낼 모레면 중3인데, 하루 일과도 반성하고, 좀 그래 봐라.”

“난 일기라면 이가 갈리는데……. 초등학교 때 죽어도 밀린 일기가 쓰기 싫어서 방학 숙제 안 해 갔다가 변소 청소만 한 달을 했는데, 이런 걸 주냐?”

“그거야 숙제니까 그렇지. 이젠 너도 사춘긴데 혼자 쓰고 싶은 말도 많잖아? 사춘기 때 일기 안 쓰면 평생 일기 쓸 일 없을걸. 하다못해 소희에 대한 ‘터질 것 같은 사랑’이라도 쏟아 놓으면 되잖아? 히히.”

“이 자식이! 콩알만 한 게 자꾸 오래비 상처를 건드려?”

재준이는 일부러 눈을 부라리며 내 머리를 쥐어박았지만 입가엔 웃음이 가득했다.

그렇게 준 일기장 첫 장에 재준이는 ‘어느 날 내가 죽었습니다’란 말을 써 놓은 것이다. 나쁜 놈, 어쩌자고 내가 준 일기장에 저런 무서운 말을 적어 놓는단 말인가. 대체 저것은 무슨 뜻일까?

나는 아무래도 아직은 그 일기장을 펼쳐 볼 용기가 없다. 우리의 추억이 너무도 진하게 묻어 있는 그 일기장.

나는 일기장을 옆으로 밀쳐 놓고 컴퓨터를 켰다. 춘천 생각을 하니 그때 찍은 사진들이 보고 싶었다. 디지털 카메라로 찍어서 컴퓨

터에 저장해 놓은 그 사진들.

'슬픈 크리스마스'란 파일을 쳤다.

그래, 그때는 그날을 슬프게 기억했다. 지금 생각해 보면 너무도 즐겁고 행복했던 그때, 재준이가 살아 있었고, 나와 함께 있었던 시간…….

역 앞에서 찍은 사진도 있고, 소양호에서 찍은 사진도 있고, 입가에 양념을 묻혀 가며 닭갈비를 뜯어 먹는 사진도 있었다. 눈싸움을 하는 사진도, 그리고 저 파란 일기장을 들고 찍은 사진도.

그리고 재준이가 준 선물을 들고 어이없어하는 나의 모습도 들어 있었다.

그래, 맞아, 하하…… 이제야 생각나다니, 어떻게 이걸 까맣게 잊고 있었을까…….

재준이가 준 선물은 보기에도 민망한 진보랏빛의 속옷 세트였다. 거의 끈과 레이스로만 이루어진 야한 브래지어와 팬티였다. 기가 막혀서 바라보는 나에게 재준이는 아주 진지하게 말했다.

"위정하가 너, 여자로 안 보인다고 해서 상처 받았지? 이거 한번 입어 봐. 그러면 그딴 자식이 한 말 따윈 싹 잊어버리게 될 거야."

"뭐야? 이 바보! 이딴 거 너나 가져, 아니, 정소희나 갖다줘!"

34

정말 그때 나는 울고 싶을 정도로 기분이 나빴다. 겨우 마음이 좀 풀렸는데, 철없는 재준이가 그렇게 또 뒤집어 놓은 거였다. 나중에 재준이가 손이 발이 되도록 빌어서 겨우 다시 기분 좋게 헤어질 수 있었지만 집에 돌아와서도 그 물건은 어딘가 처박아 놓고 다시는 꺼내 보지 않았다. 그래서 그렇게 까맣게 잊고 있었나 보다.

문득 나는 그 속옷들이 보고 싶었다. 이제는 그 모든 게 귀중했다. 재준이의 흔적이 남아 있는 모든 것은 이제 어느 것이나 다 유품이 되었으니까.

나는 당장 벽장 구석을 다 뒤졌다. 하지만 어디다 꽁꽁 숨겨 놨는지 아무리 찾아도 그 물건은 그림자도 보이지 않았다. 엄마 눈에라도 띌까 봐 절대로 찾을 수 없는 곳에 꼭꼭 숨긴 게 분명했다. 대체 어디다 숨겼지? 책상 뒤도 찾아보고, 서랍 속도 찾아보고, 온갖 곳을 다 뒤졌는데도 끝내 나오지 않았다.

내가 갑자기 물건들을 뒤져 대니 검비가 고개를 갸웃거리며 야옹 야옹, 신이 나서 쫓아다녔다.

"아!"

침대에 걸터앉아 숨을 돌리던 내가 다시 벌떡 일어났다. 그러고는 침대 매트리스를 들어올렸다. 역시 짐작이 맞았다. 매트리스 사이에는 포장지로 싼 속옷이 그대로 놓여 있었다.

왜 그렇게 반가웠는지 몰랐다. 나는 마치 재준이가 살아 돌아오기라도 한 것처럼 그것을 꺼내 가슴에 품었다. 레이스와 끈으로 장식되어 있는 화려한 성인용 속옷, 그것들을 만지고 있자니 가슴 한구석이 먹먹해져 왔다.

나는 얼른 방문을 잠그고 옷을 벗었다. 그리고 그것들을 하나씩 걸쳐 보았다. 재준이가 여자 속옷 사이즈 따위를 알 리 없었다. 거울 앞에 서 보니 가관이 따로 없었다. 브래지어는 헐렁해서 남아돌았고, 팬티는 가느다란 끈에 세모꼴 천 조각만 달랑 달려 있어 가려 주는 데라곤 없었다. 섹시하기는커녕 우스꽝스럽기 짝이 없었다. 분명히 어딘가의 인터넷 사이트에서 풍만한 성인 모델이 걸치고 있는 사진만 보고 주문했을 게 틀림없었다.

그런 내 모습을 보고 있자니 나도 모르게 내 입에서 킬킬, 웃음소리가 새어 나왔다.

넌 어쩜 지금 내 모습을 보고 있지 않을까? 웃기지? 정말 웃기지 않니? 내 여성미를 과시하라고 네가 사 준 속옷 꼬라지를 보렴. 진짜 웃기지? 속옷에 사이즈가 있다는 것도 모르는 이 바보 녀석아, 이 사이즈가 나한테 가당키나 하냐?……

36

그런데 킥킥거리고 혼자 웃고 있는데, 고개 들어 보니 거울 속의 얼굴은 젖어 있었다. 어느새 눈물이 흐른 건가, 그래, 재준아, 넌 그렇게 소년인 채 사라졌구나. 여자 속옷에 사이즈가 있다는 것도 모른 채, 이렇게 야한 보라색 브래지어와 팬티를 나한테 남긴 채, 애인도 아닌 친구인 나를 위로한답시고 이렇게…….

내가 어른이 되고, 늙어 가도 너는 그렇게 그 자리에서 아직 덜 자란 소년으로 남아 있겠지. 내가 소녀에서 여자가 되고, 아줌마가 되고, 할머니가 되어도 너는 그렇게 풋풋한 소년으로만 남아 있겠지. 이 바보, 나쁜 놈, 왜 못 타는 오토바이는 탔냐구? 내가 못 타게 한다고 나한텐 말도 안 하고? 나쁜 놈, 친구 말을 들었어야지, 이 나쁜 놈…….

나는 웃다 말고 주저앉아 울음을 터뜨렸다. 눈물은 끝없이 나왔다. 재준이가 죽고서도 이렇게까지 울어 본 적은 없었다. 한밤중에 이상한 브래지어에 팬티를 걸친 채 나는 하염없이 울었다. 고양이 검비가 다가와 몸을 기대며 갸르릉거렸다.

02

/

벚꽃 피던
그 봄날

다음 암석들을 단단한 순서대로 골라 쓰시오.

사암 규암 이암 화강암……

나는 문득 고개를 들었다. 모두들 조용히 시험 문제를 풀고 있었다. 벌써 포기한 채 엎드려 잠든 아이들의 등판도 눈에 들어왔다. 교탁 앞에 앉은 선생님도 어느새 꾸벅꾸벅 졸고 있었다.

나는 칠판 옆에 붙어 있는 게시판으로 눈길을 돌렸다.

환경미화 때, 나와 재준이가 함께 만들었던 수업 시간표가 거기 붙어 있었다. 시간표 옆에는 떠돌이 복장의 찰리 채플린이 팻말을 들고 있었다.

여러분들 졸지 말고 공부합시다!

물론 채플린 사진에 재준이가 팻말을 만들어 붙인 것이었다. 그걸 만들면서 얼마나 킬킬댔던가. 공부 시간에 졸다가도 채플린의 얼굴을 보면 웃음이 나와 잠이 깨곤 하였다.

벚꽃이 날리던 그날이 떠오른다.

지난해 4월, 막 2학년이 시작된 학기 초에 전학을 와서 영 적응을 못 한 채 지내던 내가 담임에게 대들었다가 완전히 콱 찍히고 만 날, 그날, 4월의 햇살이 나른하게 퍼지던 교실…….

"진유미, 너, 귀 뚫었니?"

담임의 새된 목소리가 교실 안을 가르며 울려 퍼졌다. 나는 얼른 뒤로 넘겼던 머리카락을 다시 내렸지만 이미 늦은 일이었다. 머리를 내려서 잘 감추고 있었는데 어느새 무심코 뒤로 넘겼던 모양이다.

그새 담임이 내 앞으로 쪼르르 다가왔다.

"세상에, 얘가 제정신이야? 무슨 배짱으로 귀를 뚫어? 벌써부터 이래 가지고 나중에 뭐가 되려고 그러니? 너 같은 애가 크면 딱 술집 여자가 되는 거야. 그 여자들이 뭐, 별나게 다른 여잔 줄 알아? 딱 너 같이 발랑 까진 애들이 그렇게 되는 거라구!"

나는 숙였던 고개를 바짝 쳐들었다. 고작 귀를 뚫었다고 술집 여자가 되라는 악담을 퍼붓다니…… 이렇게 모욕적인 말을 그대로 넘길 수는 없었다. 그 말을 하는 담임의 귀에 달랑달랑 매달린 채 반짝거리고 있는 금 귀걸이가 내 눈에 또렷이 들어왔다.

나는 태연해졌다. 이것이 나의 무기였다. 경멸해도 좋을 인간 앞이라면 화가 날수록 태연해지는 것.

나는 담임을 똑바로 바라보며 싸늘한 어조로 말했다.

"선생님도 귀 뚫으셨잖아요? 선생님도 술집 나가세요?"

담임의 하얀 얼굴이 순식간에 시뻘겋게 달아올랐다. 나는 속으로 생각했다. 이 일로 설사 퇴학을 당하는 일이 있다 할지라도 나는 이 순간의 승리를 선택할 거야. 그만큼 속이 시원했다.

그때까지도 수군대던 아이들이 갑자기 얼어붙듯 조용해졌다. 침묵.

"이, 이런 말버릇 좀 봐. 내, 내가 너랑 같니? 응, 같아?"

참 어린애 같은 인간이다, 나는 속으로 그렇게 중얼거렸다. 하나도 겁나지 않았다. 이 따위 한심한 인간의 분노에 대해선 조금도 두렵지 않았다.

나는 대답 대신 담임에게 박았던 시선을 돌려 버렸다. 칠판 위에 걸린 액자에는 '사랑과 이해'라는 급훈이 걸려 있었다. 사랑과 이해라……

"너, 두 번 다시 그따위로 굴면 어떻게 되는지 몰라? 가정교육이라곤 못 받은 애같이! 내일 당장 어머니 모시고 와."

그러면서 담임은 뒤로 휙 돌아서서 교단으로 걸어갔다.

가정교육을 들먹인다? 흥, 부모까지 욕보이겠다는 비겁한 태도다. 우리 엄마가 이혼녀라는 사실을 알게 되면 그럴 줄 알았다는 듯이 기세가 등등하겠지.

그 생각을 하니 씰룩거리면서 가는 엉덩이에 대고 한마디만 딱 더 뱉고 싶었지만 나는 꾹 참았다. 오늘은 이 정도면 됐다. 더 이상 저런 형편 없는 여자와 상대하고 싶지 않았다. 나는 탁, 소리가 나게 책을 덮으며 자리에 앉았다. 아이들은 모두 놀란 눈초리로 나를 바라보았다. 그러나 내가 휙 둘러보자 모두들 딴전을 피웠다.

예상대로였다. 이 학교 아이들은 하나같이 지독한 겁쟁이에 한심한 모범생들이었다.

그날, 수업이 끝나자마자 나는 치마허리를 두 번 말아 집어 넣어 교복 치마를 깡충한 미니스커트로 만든 다음 교실을 나섰다. 내가 전에 다니던 진영여중에서는 모두들 이러고 다녔다. 아니, 아예 치마를 짧게 줄여서 입고 다녔다. 묘하게 바느질을 잘하던 미지라는 친구가 건당 3천 원씩 받고 그 일을 도맡아 했다. 미지는 공부 시간에도 책상 밑에 애들 치마를 펼쳐 놓고 바느질을 할 정도여서 우리는 그 애를 '삯바느질로 학비를 버는 불쌍한 고학생'이라며 놀리곤 했다.

그럴 정도였는데, 여기 청사중학교 여자애들은 놀랍게도 하나같이 무릎을 덮는 교복 치마를 손 하나 대지 않은 채 얌전히 입고 다니는 것이었다. 나는 대한민국에 이렇게 범생이만 모아 놓은 학교가 있을 줄은 꿈에도 생각 못 했다. 물론 맨 뒤에 앉아서 수업 시간마다 걸리는 껄렁한 날라리 애들이 없는 건 아니었지만 그런 애들은 겨우 몇 명밖에 되지 않았고, 전체적인 '범생이 학교' 분위기 속에서 완전히 눌려 있었다. 그것도 남자아이들 몇몇이 겨우 그럴 뿐, 여자애들은 하나같이 양갓집 규수 같아서 나는 이 학교에서는 백 년이 가도 친구를 못 사귈 것만 같았다.

나는 터덜터덜 혼자서 운동장을 걸어 나갔다.

쓸쓸한 기분이었다. 아무리 그 순간의 승리의 쾌감이 컸다 할지라도 이 외로운 학교에서 나는 외로운 성벽을 하나 더 쌓은 셈이었다.

매일 얼굴을 봐야 하는 담임한테 찍힌다는 것은 상당히 피곤한 일임이 분명했다.

교문 앞 언덕길을 한참 내려가는데, 뒤에서 누군가 다가오는 기척이 느껴졌다.

고개를 돌려 보니 한눈에도 몹시 선량하게 보이는 키 작은 남자애가 서 있었다. 우리 반이던가?

전학 온 지 한 달도 안 된 터라 나는 그때까지도 같은 반 아이들의 얼굴조차 구별하지 못했다.

내가 몹시 불쾌하다는 눈길로 바라보는데도 그 애는 얼굴 가득 선량한 미소만 짓고 있었다.

"왜? 무슨 볼일 있어, 나한테?"

내가 잔뜩 불량한 태도로 말했다. 이런 식으로 말하면 이 학교의 아이들은 대개 바짝 졸아들곤 했다. 하지만 이 아이는 나의 그런 태도에 전혀 개의치 않았다.

"난 재준이라고 해, 황재준."

어이없게도 그 애는 자기 이름을 순진한 목소리로 말했다.

"그런데? 누가 물어봤어?"

역시 내 대답은 삐딱했다. 그러나 그 애는 이번에도 나의 태도에는 전혀 영향을 받지 않은 듯 말했다.

"너, 대성연립 살지? 난 그 옆에 있는 예성아파트에 살거든."

점점 가관이었다.

"그런데? 누가 물어봤냐고?"

"집이 근처니까 같이 가려고……."

그 애는 태어나서 상처라곤 한 번도 받아 보지 않은 아이처럼 나의 거친 말투에도 아랑곳없이 웃는 얼굴로 말했다.

"웃기고 있네. 누가 너 같은 거하고 같이 간대?"

나는 솔직히 그 애에게 호감이 생기는 걸 막을 수 없었다. 전학 와서 한 달 동안 아무도 다가오는 아이가 없었다. 아이들은 한결같이 예의바르고 친절했지만 그 누구도 나와 친구가 되려 하지는 않았다. 아이들과 나는 서로 다른 종류의 짐승처럼 섞이지 못했다.

나는 홱 돌아서며 걸음을 빨리했다. 하지만 그 애는 얼른 쫓아오더니, 내 옆에서 나란히 걷는 것이었다.

"같이 가기 싫댔잖아?"

내가 신경질을 팍 내자 그 애는 하하, 하고 큰 소리로 웃으며 말했다.

"나도 집에 가야 하잖아?"

참, 그랬지. 웃고 있는 그 애의 눈은 어찌나 맑고 착해 보이는지 그만 나는 단번에 무장해제되는 느낌이었다. 외길이라 달리 빠져나갈 길도 없었다. 나는 몹시 무안해서 얼굴이 화끈거렸지만 그 애와 같이 걸어가는 게 솔직히 싫지는 않았다.

동네 가로수는 벚나무였다. 분홍빛 벚꽃이 둘이 걷는 길 위로 하늘하늘 떨어졌다.

어쩔 수 없이 나는 화난 척 입을 꾹 다물고 걸어갔다. 옆 눈으로 힐끔 보니 그 애는 조금도 어색한 얼굴이 아니었다. 얼굴 가득 미소가 스며 있는 것처럼 보였다. 얼마나 행복하게 살면 저런 얼굴을 가질 수 있을까, 속으로 나는 그런 생각을 했다.

나는 여자애들 중에서 키가 큰 편에 속했다. 재준이는 남자치고는 작은 키라 나란히 서니 나보다 좀 작았다. 그 애는 걸으면서 말없이 벚나무를 툭툭 쳐서 내 앞으로 꽃잎이 후드득, 떨어지게 했다.

뭐야, 하고 소리치고 싶었지만 그 말은 목구멍에서 딱 걸려 밖으로 나오지 않았다.

내 마음은 끊임없이 싸우고 있었다. 재준이라는 따뜻해 보이는 아이가 다가온 것에 대한 기쁨과 이렇게 순순히 이 애에게 넘어갈 수는 없다는 괜한 심술이 서로 다투고 있었다.

우리는 그렇게 꽃잎으로 장난이나 치면서, 말없이 한참을 걸었다.

거의 집 앞에 다 왔을 무렵에야 재준이가 다시 입을 열었다.

"유미야!"

너무도 다정한 목소리였다. 하지만 나는 입을 꾹 다물고 심술이 담긴 눈으로 그 애를 바라보았다.

"왜?"

내 입에서 나오는 말소리는 당연히 퉁명스러웠다.

"너 아까 멋있더라."

"흥!"

나는 콧방귀를 뀌었지만 솔직히 그 말이 싫지는 않았다.

"그 얄미운 담임에게 한 방 먹이는 모습이 진짜 통쾌했어."

나도 모르게 얼굴이 달아올랐다. 재준이의 표정은 아주 진지했다.

"전에도 담임이 괜히 자기 혼자 화가 나서 민수 뺨을 이유도 없이 때린 적이 있었거든. 그런데도 우리 반 아이들은 아무 말도 못 하고 있었어. 나야말로 속이 부글부글 끓었지만 한마디도 입을 열지 못했지⋯⋯."

민수란 아이는 집도 어렵고, 좀 모자라게 보이는 어리숙한 아이였다.

"그런데 넌 할 말을 다 하더라. 넌 참 용감해. 저기…… 너랑 친구하면 안 될까? 그냥 친구 말야. 남자 친구 말고."

나는 달아오른 내 얼굴을 보이기가 싫었다. 화가 났다. 이따위 칭찬에 얼굴이 다 달아오르다니, 속이 상했다.

"쓸데없는 소리 그만하고 얼른 꺼져. 여기가 우리 집이야."

나는 화난 사람처럼 말하면서 뛰어들듯이 대성연립이라고 씌어 있는 건물 앞으로 달려갔다.

집 앞에 다다르자 나는 뒤를 돌아보았다. 재준이가 나를 보고 빙긋이 웃었다. 한없이 선량해 보이는 그런 미소였다.

나는 그런 재준이를 보면서 발밑에 침을 퉤퉤, 뱉었다. 재수 없는 놈, 내 심술이 먹히지 않는 대상이란, 아닌 게 아니라 좀 재수 없게 여겨졌다.

다음 날 아침이었다. 대문을 열고 나가던 나는 깜짝 놀라고 말았다.

재준이가 거기 서 있다가 나를 보고 히죽, 웃는 것이었다.

"너, 너…… 거, 거기서 뭐 해?"

나는 너무나 뜻밖의 상황에 말까지 더듬었다.

"너 기다리고 있었어. 같이 가려구."

나는 얼굴이 다시 달아올랐다. 그런 모습을 보이기 싫어 나는 얼른 고개를 숙인 채 말없이 앞장서서 걸어 나갔다.

재준이는 이번에도 걸음을 빨리해 내 옆으로 다가왔다.

"같이 가자니까."

나는 마음과는 다르게 신경질을 팍 냈다.

"누가 너더러 같이 가겠어? 왜 이렇게 귀찮게 굴어?"

이번에는 재준이도 몹시 당혹스러워 보였다. 순진한 그 애는 내가 정말 화를 내는 걸로 아는 것 같았다.

그러거나 말거나 나는 걸음을 빨리해서 앞으로 쓱쓱 걸어 나갔다.

밥맛 없는 녀석, 누가 저더러 친해지쟀어, 왜 엉겨붙어, 엉겨붙긴…….

나는 혼자 내내 구시렁거리면서 학교까지 걸어갔다. 교문 앞에서 슬쩍 곁눈으로 살펴보니 재준이는 저 멀리에서 고개를 폭 숙인 채 천천히 걸어오고 있었다.

나는 일부러 고개를 더 꼿꼿이 세우고 교실을 향해 걸어갔다.

겨우 다가온 친구를 이렇게 또 쳐내는구나. 바보, 병신…….

나는 내 머리를 쥐어뜯고 싶었다.

그날 방과 후에도 집으로 가면서 나는 계속 뒤통수가 당기는 느낌이었다. 혹시나 재준이가 다시 같이 가자고 하지나 않을까 하는 기대 때문이었다. 그 녀석이 그러면 나는 또 분명히 매몰차게 퉁기겠지만, 그래도 마음 한구석에서는 바라는 마음이 조금은 있었나 보았다. 학교에서는 단 한 번도 그 애를 향해 눈길조차 주지 않았지만 말이다.

하지만 집에 다 가도록 재준이는커녕 재준이 비슷한 녀석도 나를 쫓아오는 아이는 없었다.

나는 외롭게 터덜터덜 집으로 돌아갔다. 여전히 벚꽃 가지는 발그레한 꽃잎들을 속옷 레이스처럼 달고 있었다. 나는 애꿎은 벚꽃 가지들을 툭툭 쳐 댔다. 이파리들은 발 앞에 후드득, 꽃비처럼 떨어졌다.

마음 깊숙한 곳에서 문득, 외롭다, 는 말이 퐁퐁 솟아올랐다. 그랬다. 외롭다는 말 자체는 쓸쓸한데도 그 쓸쓸한 말의 덩어리는 발랄하게 퐁퐁, 솟아올랐다. 나는 공을 가지고 굴리듯이 마음속에서 분수처럼 솟아오르는 그 말을 굴리면서 놀았다. 외롭다, 외롭다, 외로워…….

그러다 보니 내 입에서 유행가 한 자락이 저절로 흘러나왔다. 엄마가 가끔 부르는 옛날 노래였다.

"외로워 외로워서 못살겠어요. 하늘과 땅 사이에 나아 호올
로……."

히히, 아무리 생각해도 내가 오늘 외롭긴 외로운가 보다. 이럴 때
그 자식이 나타나 준다면 이 도도한 심술쟁이 진유미도 단박에 생선
본 고양이처럼 흐물흐물 홍야홍야 녹아 버릴 텐데…….

다음 날 아침에 나는 보통 때보다 자명종을 한 시간 먼저 맞춰 놓
고 일찍 일어났다. 머리도 감고, 샤워도 하고, 엄마의 향수도 한 방
울 슬쩍 문지르고, 로션을 바른 후 메이크업 베이스도 살짝 발랐다.
그리고 파우더를 톡톡 두드린 다음 굵은 솔로 털어 냈다. 그런 다음
눈썹을 다듬고, 아이펜슬로 선을 분명히 정리했다. 인상이 훨씬 깨
끗해졌다. 립글로스로 입술을 바른 후 티슈로 살짝 닦아 내니, 나는
내가 봐도 반할 정도로 청순한 여학생의 얼굴이 되었다.

물론 내가 재준이 같은 자식에게 반한 것은 결코 아니었다. 그것
만은 천지신명을 걸고 맹세해도 좋았다. 이 진유미는 날라리나 양아
치한테 정신을 잃지, 죽었다 깨도 그런 천진난만한 범생이한테는 반
하지 않걸랑. 아, 천진난만한 남자는 네 살짜리 동생 유현이면 족해.
차고도 넘쳐. 그 애만으로도 내 높은 정신 연령은 상당히 시달려야

한단 말야. 하지만 그렇더라도 어쨌든 난 친구 하나 없이 외로우니까 그런 친구, 아니 추종자라고 해 둘까, 그래, 그 말이 훨씬 기분 좋다. 설사 개가 폐인 같은 내 모습을 보고 그저 친구로서 다가온 것이라 할지라도 오늘부터는 내 추종자로 만들어야지.

그런데 목을 빳빳이 세우고 한껏 꾸민 얼굴을 문밖으로 내밀었지만 재준이의 모습은 어느 구석에서도 보이지 않았다. 어제 하굣길에야 그랬다 치고 오늘 아침에는 꼭 다시 기다리고 있을 줄 알았는데…….

아니, 이 녀석 어디 숨었다 놀래키려나. 그렇다고 이 도도한 진유미 체면에 찾는 시늉을 할 수도 없고…….

나는 속만 태우며 학교 앞까지 걸어갔지만 그 녀석은 어디서도 보이지 않았다.

하지만 한번 달라붙은 외로움이란 감정은 끈질긴 거머리처럼 좀체 떨어져 나가 주지를 않았다.

이것도 다 그놈 탓이야. 혼자 잘만 다녔는데 괜히 나를 건드려 가지고……. 어쨌거나 이럴 때 나타나 주면 좀 좋냐구? ……그럼 나도 심술 그만 부리고 오케이 할 텐데, 바보 같은 놈, 내 진심도 모르고……. 흥, 학교 가서 보면 아는 체도 안 해야지…….

그러나 교실에 들어서 보니 재준이의 자리는 비어 있었다.

늦잠을 잤나, 내 생각 하느라고?

아이들이 나를 힐끔힐끔 쳐다보았다. 이 정도 화장이야 지난번 학교에서는 기본이었다. 이 학교 와서 내가 적응하느라고 그동안 안 해서 그렇지. 그런데 아이들은 몹시 놀란 표정으로 나를 대했다. 담임도 나를 보자 눈초리가 또 매섭게 올라갔지만 아무 말도 하지 않았다.

저렇다니까, 저 여자는 이제, 너 따위는 관심 밖이라는 표정을 짓고 있군. 철저한 무관심 작전으로 나가겠다는 것이지. 뭐, 나로선 환영할 일이야.

담임이 조회 시간에 말했다.

"오늘 황재준네 어머님이 편찮으셔서 입원을 하셨대요. 그래서 재준이가 못 나왔으니까 이따 방과 후에 반장이랑 부반장은 병원에 들러 과제물이랑 전달 사항 알려 주도록, 이상!"

아니, 어머니가 얼마나 아프시면 학교를 다 빠지나?

언제부터 알았다고 나는 조금 걱정이 되었다. 그러니 가뜩이나 머릿속에 들어오지 않는 공부가 더 안 들어왔다.

이 학교 애들은 수업 시간에 엎드려 자는 애도 없어서 매우 성가

셨다. 저번 학교에서는 공부하기 싫은 애들은 조용히 엎어져 잠이나 자라고 선생님들이 아예 허가를 내주었는데, 여기서는 싫어도 꼿꼿이 앉아 있지 않으면 당장 몽둥이가 날아온다. 그렇게 몽둥이가 날아올 수 있다는 건 조는 애가 그만큼 적을 때나 가능한 일이다. 지난번 학교처럼 반 아이들이 거의 다 존다면 아무리 무서운 선생님이라 한들 어떻게 그 많은 아이들에게 모조리 몽둥이를 던지겠는가?

하지만 이 학교 애들이라고 해서 무슨 별종들이겠는가. 얘네들도 졸린 것이다. 가만히 둘러보면 아이들은 몸은 꼿꼿이 세운 채 눈은 반쯤만 뜨고 살짝살짝 졸고 있었다.

저 지옥! 저러고 있는 게 얼마나 힘든지 나는 잘 알고 있다. 단지 이 아이들은 비겁하고, 소심하고, 타협적인 것이다. 지난 학교의 아이들은 배짱이 있었다. 그래서 때릴 테면 때려라, 나는 자야겠다고 나왔던 것이고, 아이들이 모두 그러자 선생 쪽에서 항복하고 만 것이었다. 사실 그게 합리적이지 않은가? 졸음이 안 오는 애들이나 열심히 들으면 된다. 선생님도 그런 애들만 신경 쓰면서 가르치는 쪽이 훨씬 보람 있지 않은가 말이다. 이게 도대체 무슨 꼴인가? 모두들 지옥처럼 졸음의 고통에 싸우면서 오직 매가 두려워 안 자는 척 기를 쓰고 있다. 하긴 나라도 먼저 배짱을 부리기 시작하면 어떻게 될지 모르지만 사실 나도 그런 일을 시작하기가 귀찮았다. 몽둥이로 맞는 일도 기분 좋은 일은 분명 아니니까.

엄마는 늘 정색을 하고 말했다. 내가 너를 안 때리고 키운 것은 매를 무서워하는 사람으로 키우고 싶지 않아서야.

그런데 내가 매를 무서워하지 않는 인간으로 자라난 건 엄마 때문이 아니었다. 맞지 않고 자란 나는 오히려 매를 무서워해서 어린 시절엔 그야말로 소심한 모범생이었다. 언젠가부터 그 생활에 손을 딱 놓고 뻔뻔하게 나가기 시작하자 학교는 내게 매타작을 하기 시작했고, 사실 나는 그 매타작에서부터 매를 두려워하지 않게 되었다.

처음이나 어려웠던 것이다. 한두 번씩 매를 맞아 가기 시작하자 소위 맷집이란 게 생겨나서 매가 두렵지 않게 되었고, 창피하지도 않게 되었다. 나는 여학생이고, 깡패도 아니지만 적어도 이 학교 애들하고는 달리 매가 무서워서 하고 싶은 일을 안 하지는 않는다. 하지만 지금은 귀찮다. 나는 누가 조는지 안 조는지를 살펴보는 재미로 겨우 졸음을 쫓았다.

그나저나 오랜만에 얼굴에 힘주고 왔는데, 좀 아까웠다. 아까 점심 시간에 우리 반에서 제일 잘생긴 창민이란 애가 지나가면서 나를 쳐다보다 눈이 마주치자 화들짝 놀라 고개를 돌린 게 그나마 수확이라면 수확이었다.

짜식, 잘생겼어.

나는 사실 잘생긴 남자애들에게는 별로 관심이 없었다. 하지만 잘생긴 남자애들을 추종자로 갖는 건 내 주가를 올려 주는 일이니까 괜찮은 일이다. 게다가 또 눈이 즐겁잖아? 상당히 폼나는 일이고 말이야. 앞으론 좀 일찍 일어나서 날마다 얼굴에 힘주고 와야지.

하굣길 역시 쓸쓸했다. 도대체 언제 본 애라고 이렇게 허전해한담. 나는 내 자신에게 화가 났다. 그렇게 외로웠단 말이냐, 왕년의 잘나가던 진유미가?

하지만 한번 달라붙은 외로움은 잘 떨어져 나가 주지를 않았다.

에잇, 굴러온 호박은 왜 내쳤담. 겨우 친구 하나, 그것도 남자 친구를 사귈 뻔했는데 말이야…….

연신 후회를 했지만 이미 엎질러진 물이었다.

집에는 아무도 없어서 열쇠를 따고 들어갔다. 엄마는 그날 학습지 근무 도는 날이었고, 새아빠는 '길목'이란 카페에서 노래를 부른다고 했다. 새아빠는 작사가지만 잘나가는 작사가는 아니었다. 새아빠가 지은 노래가 히트한 적이 없기 때문이다. 그래서 그것만 가지곤 살 수 없어서 가끔씩 라이브 카페 같은 데서 기타를 치면서 노래도 했다. 늘 하는 것은 아니고, 친한 가수들이 급한 일이 있을 때 대신 가서 해 주는 것이었다.

아, 친한 가수들, 그렇다. 새아빠랑 친한 가수들은 라이브 카페에서만 노래하는 가수들이라 텔레비전이나 라디오에는 생전 안 나왔다. 그래서 내가 사인을 얻어 준다고 해도 친구들이 필요 없다고 했다. 새아빠의 목소리는 참 부드럽고 달콤했지만 그 정도 가지고는 가수로서 먹고살 수 없다고 했다.

네 살짜리 동생 유현이도 놀이방에 가 있어서 집은 텅 비어 있었다.

보통 나는 혼자 있는 것을 좋아했다. 엄마와 둘이 살 때 혼자 있는 데 익숙해진 탓이다. 성격으로 보나 학교 성적으로 보나 어울리지 않는 취미지만 혼자서 책 읽는 것도 퍽 좋아한다. 시집과 노래 가사집을 특히 좋아한다. 팝송도 워낙 좋아하다 보니 영어만은 나쁜 성적 중에서도 중간은 했다.

하지만 그날은 아무것도 손에 잡히지가 않았다. 외로웠다. 학교에 가 봤자 친구라곤 하나도 없고, 선생님들 중에서도 마음 끌리는 선생님은 찾기가 어려웠다. 급식 시간에도 나는 영 불편했다. 아이들이 따돌릴까 봐 어깨에 힘을 딱 주고, 마음대로 아무 데나 앉아서 밥을 먹었지만 결코 유쾌한 기분은 아니었다.

전에 다니던 진영여중이 정말 그리웠다. 그곳에선 어쨌든 단짝 친구들이 있었다. 늘 몰려다니던 다섯 명의 친구들은 나에겐 자매 같은 존재들이었다. 다들 좀 삐딱했지만 정말 죽이 잘 맞았다. 아이들은 밑단 줄인 치마와 무릎 밑까지 내려오는 촌순이 치마를 동시에 공동 소유하고 있었다. 복장 검사가 있는 날이면 그 촌순이 치마는 얼른 벗겨져 이 반 저 반을 떠돌았다. 무엇이든 그런 식이었다.

물론 나는 그 애들과 한 달에 한 번은 꼭 만나고, 전화도 자주 하지만 사는 곳이 너무 멀다 보니 자꾸만 거리감이 생겼다. 남녀공학으로 전학 가는 내가 부러워 배가 아파 법석들을 떨던 그 친구들이 이러고 사는 꼴을 본다면 정말 고소해할 것이었다.

"으이그, 정말 외로워!"

나는 어항 속 금붕어한테라도 큰 소리로 외치고 싶었다.

여섯 시가 되자 나는 집을 나섰다. 엄마가 아침에 신신당부를 했던 것이다. 저녁에 회식이 있으니 놀이방에 가서 유현이를 데리고 와 달라고 말이다. 나는 벚나무를 툭툭 치면서 걸어갔다. 벚꽃 이파리가 화르르, 꽃비처럼 떨어졌다.

내가 생각할 때 사랑에 있어서도 우정에 있어서도, 타이밍이란 중요한 요소이다. 물론 타이밍, 즉, '내 마음이 어떤 상태일 때 상대를 만나는가' 하는 것이 다른 무엇보다도 가장 중요한 요소라고 우길 수는 없겠지만 그래도 상당히 중요한 요소임은 분명하다.

엄마는 아빠를 스물넷, 대학을 졸업한 직후에 만났다. 그때 엄마는 사랑하던 남자에게 배신을 당하고 몹시 침울해 있었다. 엄마가 원래 사랑했던 남자는 지독하게 자유분방한 남자였다. 감정을 가장 소중히 여겼고, 의리 따윈 거지발싸개 정도로 여겼다. 그랬으니 다른 여자에게 반하자마자 아무런 갈등 없이 엄마에게 사실을 밝히고, 헤어지자고 했다. 엄마 역시 자존심 때문에 단 한 번도 매달리지 않고, 그 남자를 보내 줬다.

그러나 이렇게 어린 나도 그것만은 잘 알고 있다. 자존심 내세워 얻는 것은 고작 징그러운 외로움뿐이라는 것을. 엄마는 혼자 외로움을 씹고 있었다. 겨우 스물넷 나이에.

철학과를 나온 데다 얼굴이나 몸매를 꾸미는 데 아무런 관심도 없는 엄마 같은 여자에게 일자리는 생기지 않았다. 그럴 때 몹시 성실하게 보이는-아무리 다른 여자에게 반해도 엄마한테 의리를 지킬 것 같은 데다 돈도 잘 버는-아빠가 나타났다. 엄마는 철학도답게 고민하고 갈등했다.

"내가 이 사람을 진정으로 사랑하는 건지, 아니면 이 사람의 성실함과 능력을 사랑하는 건지 잘 모르겠더라구."

엄마가 그 말을 했을 때, 나는 도무지 참을 수가 없어서 웃음을 터뜨렸다. 심각하게 고민에 빠진 처녀 시절의 엄마 모습이 눈앞에 선했기 때문이었다. 엄마는 아빠를 사랑했다. 그냥 말이다. 성실함과 능력이란 것 역시 아빠 속에 녹아 있는 한 부분이지, 성실함과 능력을 싹 도려 낸 나머지 아빠만 사랑한다는 게 어디 가능한 일인가 말이다.

엄마는 그때 외로웠고, 상처 받았고, 자유분방한 남자에게 또 상처 받을까 봐 떨고 있었고, 그런 타이밍에 성실하고 능력 있는 아빠가 척 나타나니 홀딱 반하고 만 것이다. 물론 아빠가 성실하지 않고, 능력 있지 않았으면 반하지 않았으리라. 어떤 곡절을 겪었든 어쨌든 반한 것만은 사실이다. 반했다는 그 사실이 중요하다. 그 마음이 어떤 이유 때문인가 고민하는 것은 정말 아메바 같은 단세포 바보들이나 하는 짓이다. 그렇게 엄마는 아빠와 결혼했고, 살다 보니 서로 싫어하게 되어 헤어졌다. 그리고 혼자 사는 게 지겹고 힘들어졌을 때쯤 또 세상 사람들과 너무 다른, 밝고, 천진한 새아빠를 만난 것이다.

그렇다면 시계를 거꾸로 돌려 보자. 만약 스물넷, 그때에 엄마 앞에 새아빠가 나타났다면 그때도 엄마는 새아빠를 사랑했을까? 대답은 '천만에!'이다. 엄마 말대로 그것이 현상과 본질의 문제라면 똑같은 사람은 언제 만나도 반해야 하는데 말이다. 그래서 나의 결론은 이렇다. '사랑은 타이밍이다!' 이런 걸 따지고 있는 걸 보면 내 속에도 엄마한테 물려받은 철학과 유전자가 있는 게 확실하다. 심히 유감스럽지만!

나는 혼자 킥킥 웃다가 발 앞에 걸리는 돌멩이를 확 차 버렸다.

에잇, 개똥도 약에 쓰려면 없다더니 이렇게 외로울 때 황재준, 그 녀석이라도 나타나 주면 얼마나 좋을 건가 말이다. 그나저나 이럴 때 걔네 엄마는 또 왜 입원이람. 타이밍 망치게시리!

그런 잡생각에 빠져 있는 동안 어느새 놀이방에 도착했다.

놀이방에 가 보니 늘 그렇듯이 유현이는 구석에 쪼그리고 앉아 다른 아이들이 모여 노는 것을 가만히 바라보고 있었다. 그런데 그 얼굴에 쓸쓸하다거나 외롭다는 기색이 전혀 없다는 게 이 아이의 특색이었다. 정말 웃겼다. 네 살짜리가 철학과 여학생 같은 얼굴을 하고 앉아 있다니!

유현이는 생김새는 새아빠를 보고 그린 것처럼 빼어 닮았고, 하는 짓은 나사 하나 빠진 엄마를 꼭 빼어 닮았다. 하지만 나를 보자마자 유현이는 다시 네 살짜리 천진한 아이로 돌아와 "누나!" 하며 달려왔다. 그럴 때면 유현이가 정말 무지무지 사랑스럽게 느껴졌다.

"그래, 우리 유현이, 잘 놀았지? 선생님께 빠이빠이 하고 집에 가자."

놀이방 선생님들은 나의 등을 두드려 주었다.

"이렇게 큰 누나가 있어서 유현이는 정말 좋겠다. 유미야, 잘 가라."

그렇게 유현이를 데리고 놀이방 문을 나서서 집으로 갈 때였다.

막 골목길에 들어서는데, 외등에 비친 기다란 그림자 하나가 갑자기 발 밑을 가로막았다.

갑자기 심장이 쿵쾅쿵쾅 락 비트로 뛰었다. 나는 천천히 고개를 들었다.

"이렇게 어린 동생이 다 있었어? 너무 귀엽다."

재준이였다. 재준이는 어느새 나한테 당한 무안을 다 잊었는지 유현이의 머리를 쓰다듬으며 웃고 있었다.

너무 외로웠던 탓이다. 재준이는 타이밍을 딱 맞춰 나타났다. 어찌나 반가운지 나는 그 애를 퉁겨 낼 성깔을 부릴 여유가 없었다. 그래도 내 입에서 좋은 소리가 나오기는 힘들었다.

"넌 왜 여기서 어슬렁거려? 엄마 입원했다더니 생깠구나, 너?"

재준이는 픽, 웃더니 놀이방 건물의 위층을 올려다보았다. 거기엔 '중앙학원'이라는 간판이 커다랗게 붙어 있었다.

"나, 여기 다니잖아? 병원 갔다가 온 거야."

"뭐? 학교는 빠진 주제에 학원엔 온 거야?"

"그럼. 엄마가 악착같이 가래니까. 아침엔 아무도 없었거든. 아빠도 출장 가서서…… 내가 병원에 모시고 갈 수밖에 없었어."

"그래, 괜찮으셔, 엄마는?"

"응, 내일이면 퇴원하셔."

"그랬어? 다행이다. 여기선 뭐 다녀? 영어? 수학?"

"종합반. 과학까지 다 해."

"안됐다. 그럼 날마다 오냐?"

"응, 죽을 맛이지."

"가끔 땡땡이도 까고 그래라."

재준이는 나를 보고 배시시 웃었다.

"안 돼, 그러면 우리 엄마, 병이 또 도져……."

"아들이 땡땡이만 까도?"

나는 농담인 줄 알고 받아쳤는데, 재준이는 진지한 얼굴로 고개를 끄떡였다.

"무슨 병인데?"

"천식……."

"기침 막 하는 거?"

"응……."

"그 정도가 무슨 큰 병이라구……."

"안 그래. 심해지면 큰일 나. 속상하면 심해지거든."

 나는 뭐라고 한마디 더 해 주고 싶었지만 재준이의 표정이 하도 심각해서 가만히 입을 다물었다.

 어느새 재준이는 유현이의 한쪽 손을 잡고 걷고 있었다.

"니 동생, 이름이 뭐야?"

 재준이가 물었다.

"유현이."

"몇 살이야?"

"네 살. 나랑 같은 범띠, 띠동갑이야. 얘도 성질 드러우니까 조심해. 날 닮아서 말이야."

"하하, 나도 이렇게 어린 동생이 있음 좋겠다. 내 동생은 드럽게 말을 안 들어. 대가리만 커 갖고."

재준은 금세 나의 말투를 흉내내 '드럽게'나 '대가리'란 말을 썼지만 한눈에도 생전 그런 말을 써 보지 않은 티가 역력했다. 나는 웃음이 나와 참기 어려웠지만 꾹 참고, 재준이를 똑바로 바라보며 한 마디 한 마디 또박또박 말했다.

"너도 니네 엄마가 니네 아빠랑 이. 혼. 하. 고. 새. 아. 빠. 랑 애. 기. 낳. 으. 면 얘보다도 더 어린 동생이 생기지."

순진한 그 녀석에게 조용히 한 방을 더 날린 거였다. 재준이는 둥그레진 눈으로 나의 얼굴을 쳐다보았다. 그 애에겐 내가 하는 행동 하나하나, 말투 하나하나가 모두 놀라운 모양이었다. 쳇, 범생이 같으니라구.

"나는 진유미고, 얘는 최유현이야. 이러니까 우리 나라 호적법은 개정되어야 한다니까."

"왜?"

어리벙벙한 재준이는 또 금세 순진하게 물었다.

"왜는 뭐가 왜야? 그놈의 호적법 때문에 몰라도 좋은 사람들까지 우리가 아버지 다른 남매란 걸 알게 되잖아?"

"아아……."

그제야 재준이는 무언가 알아듣는 척했다.

치, 네깟 녀석이 알아들었을 리가 없지.

"공부는 재밌냐? 저 학원 잘 가르쳐?"

재준이는 얼른 고개를 흔들었다.

"난 순전히 엄마 병 도질까 봐 다닌다니까. 날마다 혼나. 지겨워 죽겠어."

"엄마도 좀 길을 들여야지. 너, 어릴 때부터 엄마가 시키는 대로만 살아왔지?"

재준이의 눈이 또 커다래졌다. 하지만 재준이는 이제 그런 자신의 모습이 부끄러운지 얼른 고개를 돌려 버렸다.

"누나, 졸려. 어부바."

그때 유현이가 졸리다며 칭얼거렸다.

"어부바는 무슨 어부바야? 이 가냘픈 누나가 널 어떻게 업어? 자, 힘내서 걸어 봐. 조금만 가면 돼."

그러자 재준이가 무릎을 구부리더니 유현이에게 등을 내밀었다.

"형아가 업어 줄게. 자, 어부바."

유현이는 군말 않고 재준이의 등에 업혔다.

영화를 봐도 아이가 중간에 끼어서 연애가 이루어지는 경우가 많더니, 오늘 유현이 덕을 톡톡히 보네. 뭐, 그렇다고 내가 이런 어벙한 자식하고 연애를 할 건 아니지만.

재준이는 유현이를 업고 성큼성큼 걸어갔다.

하는 짓이 영 이쁘단 말이야. 나는 속으로 킥킥 웃으며 재준이를 따라갔다.

2층의 우리 집은 어둠 속에 잠겨 있었다.

"아직 아무도 안 오셨나 봐?"

재준이가 물었다. 재준이는 유현이를 업은 채 2층 계단까지 올라왔다.

열쇠로 대문을 따면서 내가 말했다.

"미안하지만 걔, 침대까지만 데려다주라. 지금 내려놓으면 잠에서 깨거든."

"어어, 그, 그래."

짜식, 무슨 생각을 했기에 말을 다 더듬는담.

나는 집에 들어서자마자 불을 환히 켰다. 그러자 구석에서 검비가 뛰어나와 내 다리에 몸을 비볐다.

"으악! 이게 뭐야?"

재준이는 어찌나 놀랐는지 하마터면 유현이를 업은 손을 놓칠 뻔했다.

"아니, 고양이 첨 봐? 우리 집 검비야. 검은 비를 맞은 것처럼 새까맣다고 검비야."

"으, 으응, 난, 고양이를 안 길러 봐서……."

나는 얼른 검비를 안아들었다. 검비는 내 품 안에서 갸르릉거리면서도 새로 출현한 인물인 재준이의 얼굴을 뚫어져라 쳐다보았다.

재준이는 침대에 유현이를 조심스레 눕혔다. 나는 검비를 내려놓고, 유현이의 신을 벗겨 주고, 살며시 겉옷을 벗겨 주었다.

그사이 검비는 재준이 다리에 다가가 몸을 비볐다. 재준이의 얼굴이 당장 파랗게 질렸다.

"아이 참, 우리 검비가 널 잡아먹냐? 왜 그렇게 새파랗게 질렸어? 그래도 검비가 여간해선 처음 보는 사람한테 안 가는데, 널 잘 본 거야."

"그, 그러니? 나, 어릴 때 본 영화 중에서 제일 무서웠던 게 〈검은 고양이〉였거든."

"푸후훗. 그랬구나. 나도 그건 무서웠어. 하지만 우리 검비, 얼마나 귀엽다구. 한번 살살 쓰다듬어 봐."

순간 재준이의 얼굴이 일그러졌지만 겨우 용기를 내는 듯 조심스레 손을 뻗었다. 재준이가 쓰다듬는 손길에 검비가 갸르릉갸르릉 기분 좋은 소리를 냈다.

"됐어. 이제 둘이 친구가 된 거야. 그 소린 알지? 우리 검비가 널 기분 좋은 친구로 받아들인다는 뜻이야."

재준이의 얼굴에 환한 미소가 떠올랐다. 허리를 구부린 채 검비를 쓰다듬던 재준이는 아예 쪼그리고 앉아 한참이나 검비를 쓰다듬었다. 문득 나는 잘 알지도 못하는 재준이가 몇 해나 친하게 지내 온 친구처럼 가깝게 여겨졌다.

유현이는 어지간히 졸렸던지 새근새근 숨소리가 깊었다.

"저녁은 먹었어?"

거실로 나오면서 내가 물었다.

"아니. 지금 집에 가서 먹고 또 학원 가야 돼."

"응? 또 학원엘 간다구?"

"그래. 영어만 끝난 거야."

"날마다 집에 가서 밥 먹니, 그럼?"

"아니, 어쩌다. 그냥 보통 땐 그 밑에 있는 분식집에서 사 먹어. 오늘은 널 만나서 여기까지 왔으니까……."

"그래? 그럼 우리 집에서 먹고 가. 나도 지금 먹을 거니까. 우리 새 아빠 요리 솜씨가 괜찮아. 가만 보자. 뭘 해 놓고 나가셨나? 야호, 이 환경주의자 양반께서 냉장고 청소를 하셨군."

재준이가 닫혀 있는 냉장고를 쳐다보더니 다시 나를 멀뚱히 바라보았다.

"응, 우리 새아빠 냉장고 청소할 때마다 카레라이스를 만들거든……. 야채 칸에 남아 있던 야채를 몽땅 집어 넣고 말이야."

나는 새아빠가 만든 카레라이스를 따뜻하게 데워서 내놓으며 그렇게 말했다. 그제야 재준이는 이해가 간다는 표정으로 고개를 끄떡이면서도 몹시 쭈뼛거렸다. 나의 행동이나 말, 우리가 사는 모습이 재준이에게는 하나같이 당혹스러웠던 모양이었다.

"얼른 먹어. 학원 늦잖아? 자, 먹자."

내가 갑자기 너무 잘 대해 줘서 이 얼뻥이가 얼었나?

나는 먼저 수저를 들었다. 그러자 재준이도 수저를 들며 수줍게 말했다.

"잘 먹을게. 그럼……."

우리는 맛있게 저녁을 먹었다. 내가 타 준 커피까지 맛있게 마시고 재준이는 학원으로 가기 위해 일어섰다.

"커피도 타 줬는데 졸지 말고 잘 들어."

"응. 고마워. 잘 있어."

재준이가 나간 다음에 나는 얼른 내 방으로 들어가 창으로 밖을 내려다보았다.

조금 있자 재준이가 건물 밖으로 나오는 모습이 보였다. 재준이는 건너편 가로등 밑에 선 채 물끄러미 우리 집을 올려다보았다. 내 방 불은 꺼져 있으니 내 모습은 물론 보이지 않을 것이다.

가로등 불 아래로 화려하게 흐드러진 벚꽃 이파리들이 눈이라도 내린 것처럼 하얗게 빛났다. 재준이는 걸어가며 벚꽃 가지를 툭툭 건드렸다. 하얀 벚꽃 이파리들이 가로등이 만든 빛의 공간 속으로 후드득, 떨어져 내렸다.

"진유미! 뭐 하는 거야? 시험은 안 치고 어디다 정신 팔고 있어?"

어느새 선생님이 깨서 소리를 빽 질러 댔다. 창밖을 보며 생각에 잠겨 있던 나는 화들짝 놀라 다시 시험지로 코를 박았다.

다음 암석들을 단단한 순서대로 골라 쓰시오.

사암 규암 이암 화강암……

재준아, 참으로 하잘것없는 문제 아니니……. 이따위 돌멩이들의 단단한 순서를 외워 무엇에 쓴단 말이니. 네가 죽었는데, 내 가장 소중한 친구가 이 세상에서 사라졌는데. 네 머리가 화강암보다 단단했더라면, 아니 그 날 헬멧만 쓰고 있었더라도…….

다시금 몰려드는 재준이 생각에 나는 애꿎은 코만 흥, 하고 큰 소리로 풀었다.

"자, 다들 정리해. 이제 5분밖에 안 남았다."

선생님의 독촉에 나는 문제도 보지 않고 OMR 카드 위에 아무거나 찍어 댔다.

종이 쳤다. 허탈했다.

설마 고등학교야 가겠지……. 아니, 못 간들 어떠하랴. 재준이가 죽어 버렸는데, 나는 바득바득 살아서 남들처럼 학교 가고 그래야 하는 걸까. 친구가 죽었는데, 친구가 사라져 버렸는데…….

시험이 끝나자 청소 시간이었다.

책상을 밀고, 청소를 하다 문득 사물함에 꽂혀 있는 황재준이라는 이름에 눈길이 닿았다. 재준이가 죽은 지 어느새 두 달이 지났지만,

아직도 저렇게 재준이의 흔적은 군데군데 남아 있었다. 나는 얼른 고개를 돌렸다.

일기장을 봐야 하는데……. 내일이면 시험이 끝난다. 시험만 끝나면 꼭 봐야지…….

대걸레를 가지고 교실 바닥을 닦으면서도 내 머릿속에는 그 생각밖에 떠오르지 않았다. 파란 표지의 그 일기장은 표지에서 단 한 장도 넘어가지 않고 있었다. 재준이 엄마한테서 일기장을 받아 온 지도 나흘이 지났는데, 나는 차마 그것을 들춰 보지 못하고 있었다. 시험 끝나고 보겠다는 건 핑계에 불과했다.

나는 무엇을 겁내는 걸까…….

저 앞으로 정소희가 서 있는 게 보였다. 옆 반 친구를 기다리는 모양이었다. 소희는 나날이 더 예뻐지고 더 새침해져서 남자아이들의 속을 태우고 있었다. 소희의 머릿속에서 재준이는 벌써 사라졌으리라.

물론 재준이가 죽었다는 소식을 처음 들었을 때에야 모두들 경악하여 울음을 터뜨렸고, 소희 역시 그랬다. 장례식에서도 소희는 얼굴이 종이처럼 새하얗게 바래진 채 슬픔에 젖어 있었다. 어쩌면 아주 잠깐쯤은 재준이의 사랑을 거절했던 것에 마음 아파했을지도 몰랐다. 내가 죽었다면 위정도 그랬을까…….

하지만 그것도 잠시였을 뿐, 지금 소희의 얼굴에는 재준이에 대한 회한이나 그리움 따위는 한 점도 없어 보였다. 그리고 그것은 당연한 일이었다. 소희가 잘못한 것은 하나도 없었다. 소희에게 재준이는 수많은 추종자 중의 하나에 불과했다. 두 사람이 함께 누린 추억도, 함께 나눈 이해의 기억도 없었다. 세상에 하나밖에 없는 가장 친한 친구로 함께 울고 웃었던 재준이, 그것은 어디까지나 내 기억 속의 재준이었다.

청소를 마친 나는 가방을 챙겨서 나가려다 다시금 사물함에 꽂힌 재준이의 이름표에 눈길이 닿았다. 그러자 꼭 사물함처럼 생긴 벽제 화장터의 좁은 납골당이 떠올랐고, 그 안에 갇혀 있는 재준이의 뼛가루도 떠올랐다. 그렇게라도 곁에 두고 가끔씩 찾아보러 가고 싶은 식구들의 마음은 잘 알 수 있었지만, 나는 속으로 재준이가 얼마나 갑갑할까 싶어 애가 탔었다. 오토바이를 탄 채로 날아올라 으깨졌던 재준이의 몸은 관 속에 담겨 다시 뜨겁게 타올라 몇 개의 뼈로 남았고, 엄마가 김장할 때 마늘을 찧듯이 절구 속에서 찧어져 가루가 되었다. 그리고 그 가루는 항아리 속에 담겨 이 사물함보다도 더 좁은 납골함 속에 들어가 있다. 다시금 가슴 한 귀퉁이가 먹먹해져 왔다.

그럴 수가 있는 걸까, 그럴 수가 있는 걸까. 재준이 같이 착한 애가, 겨우 열여섯 살인 남자 애가 그렇게 어느 날 갑자기 죽어서 사라질 수 있는 걸까. 이렇게 피가 돌고 맥이 뛰던 몸이 어느 순간 그렇게 갑자기 절구 속에서 빻아지는 뼛가루로만 남을 수도 있는 걸까.

나는 머리를 흔들었다. 몸 깊숙한 곳에서부터 무엇인가가 치밀어 올라왔다. 그것은 슬픔보다는 분노를 닮은 불길이었다.

신이란 게 있다면 목을 비틀어 버리고 싶어…….

나는 가슴속에 차오르는 분노를 그렇게 중얼거리며 뱉어 냈다.

왜 신은 인간에게 죽음을 만들었으며, 어쩔 수 없이 그것을 만들었다면 낳은 순서대로 차례차례 데려갈 것이지, 왜 이렇게 억울한 죽음을 만들어 내는지, 그 이해할 수 없는 결정에 견딜 수 없이 화가 치밀었다.

나는 사물함 앞으로 다가갔다.

황재준…….

그 이름을 다시 부르니 누군가 가슴에 비수를 꽂은 다음 그것을 다시 힘주어 비트는 것처럼 견딜 수 없는 통증이 밀려왔다. 으으…… 내 입에서 작은 신음이 새어 나왔다. 다행히 아이들이 모두 떠들어 대는 소리에 그 작은 비명은 그대로 묻혀 버렸다.

나는 사물함에서 황재준이란 이름표를 빼냈다.

네가 갇혀 있는 곳은 그 좁아 빠진 납골함이면 됐어. 여기서는 이제 풀려나. 재준아, 이제 가, 훨훨, 아무 생각 말고, 알았지⋯⋯.

아이들이 우르르 몰려나가는 대열을 따라 나도 허청허청 걸어나갔다.

내일은 영어와 국어와 사회 시험, 오늘같이 망치지 않으려면 공부를 해야 할 것이었다.

One day my friend Jaejun died⋯⋯ He was my best friend⋯⋯ He flied to the sky⋯⋯forever⋯⋯

(어느 날 내 친구 재준이가 죽었습니다⋯⋯ 그 애는 나의 가장 친한 친구였습니다⋯⋯ 그 애는 하늘로 날아가 버렸습니다⋯⋯ 영원히⋯⋯)

어느새 나의 입속에서는 콧노래처럼 그런 가사가 흘러나오고 있었다.

03

/

드디어
표지를 넘기다

"시험 잘 쳤니? 우리 따님!"

집에 가자 새아빠가 반가이 맞아 주었다. 새아빠는 보통 집에서
일하고, 어쩌다 노래를 하러 나갈 때도 저녁에 나가기 때문에 일찍
끝나서 집에 가는 날이면 언제나 새아빠가 나를 맞아 주곤 했다.

"내가 시험 잘 쳤다간 새아빠랑 엄마랑 충격 먹어서 졸도라도 하
면 어떻게 해요? ……유현인 자요?"

"응, 나랑 레고 놀이 한참 하다가 그냥 스르르 잠들대. 어찌나 웃
긴지…… 하하하."

그러면서 새아빠는 나를 위해 얼른 점심을 차려 주었다. 구수한

된장찌개와 푸릇한 상추와 오이, 풋고추가 고등어 튀김 한 조각과 함께 깔끔하게 차려졌다.

"유미야, 이 상추 좀 먹어 봐. 새아빠 친구가 농장에서 따 온 거야. 무농약 상추란다."

사실 새아빠는 졸릴 텐데 조금도 그런 기색이 없이 명랑한 목소리로 말했다. 어제 밤을 새우고 돌아와서 아침에 잠깐 눈 붙이고는 내내 유현이를 돌봤을 것이다.

"새아빠도 드세요."

"아냐, 난 잘 거라서…… 이제 유현이도 자니까 한숨 자려고. 얼른 먹어 봐."

"그럼 들어가서 주무세요. 제가 설거지랑 해 놓을게요."

어느새 새아빠의 눈에는 졸음이 가득했다. 내 밥을 차려 주고 나니 긴장이 풀린 모양이었다.

"으음, 그럼 그럴까? 졸리긴 되게 졸리네. 유미야, 그럼 시험 공부하다가 한 다섯 시쯤 나 깨워 줄래?"

"그럴게요. 얼른 가서 주무세요."

"그래, 그럼 공부 열심히 해. 난 유현이 옆에 가서 잘게."

연신 하품을 해 대면서 안방으로 들어가는 새아빠의 뒷모습을 나는 가만히 바라보다가 밥을 떠 먹기 시작했다.

나는 새아빠를 절대로 아빠라고 부르지 않는다. 꼭 새아빠라고 불렀다. 남들 앞에서 그렇게 부르는 게 곤란할 경우는 아예 호칭을 붙이지 않았다. 새아빠 역시 자신을 가리킬 때 새아빠라고 말했다. 새아빠는 내가 새아빠라고 부르는 것을 조금도 싫어하지 않았다.

"그래야 원래 아빠랑 구별이 되지, 아주 합리적인 호칭이야, 거기다 난 무조건 새 것을 좋아하거든, 헌 것보다……"라고 말하면서 역시 합리적으로 유현이 앞에서는 자신을 아빠라고 말했다. 유현이는 새아빠와 엄마 사이에서 태어난 자식이니까.

나로 말하면 그건 친아빠에 대한 유일한 의리였다. 그렇다고 친아빠를 새아빠보다 더 좋아하냐고 물어 온다면 나는 솔직히 대답을 못하겠다. 내 마음을 나도 정확히 모르는 탓이다. 새아빠는 아침마다 내 아침 식사를 챙겨 준다. 밤새 일하고 새아빠가 돌아올 즈음에 아침잠이 많은 엄마는 주로 정신 없이 곯아떨어져 있는 탓이다. 처음엔 새아빠가 아침마다 식사를 차려 주는 게 몹시 부담이 됐지만 나중엔 익숙해져서 편안하게 아침을 먹었다. 내가 보기에도 새아빠는 좋아서 하는 일처럼 보였으니까. 하지만 그럴 때마다 나는 새아빠의 친딸에 대해 미안한 마음이 들었다. 새아빠에게는 나와 동갑인 딸이 있다고 했다.

언젠가 아침을 먹으면서 나는 그 얘기를 입 밖에 꺼낸 적이 있었다.

"새아빠, 새아빤 진짜 딸은 놔두고 나한테 이렇게 해 주면 속상하지 않아요? 우리 진짜 엄마는 저렇게 쿨쿨 자고 있는데⋯⋯."

솔직히 나는 친아빠가 만약 지금 새아빠처럼 다른 여자애한테 이렇게 해 주고 있다고 생각하면 내장이 다 꼬일 지경이었다. 물론 친아빠는 부엌 옆에도 안 오는 사람이니까 그럴 리는 없겠지만 말이다. 새아빠는 내 말에 몹시 놀랐는지 눈을 왕사탕처럼 동그랗게 뜨고는 나를 바라보았다. 하지만 새아빠는 곧 그 왕사탕 같아진 눈을 누룽지 사탕만 한 원래대로의 크기로 줄이더니 입가에 웃음을 띤 채 말했다.

"우리 유미 솔직한 건 엄마를 딱 닮았구나. 그런 얘길 다 하네. 하하, 아닌 게 아니라 생각이 나지. 보고 싶고. 하지만 속상하진 않아. 지금쯤 우리 민희는 무얼 먹고 있을까, 그런 생각은 하지만 말이야. 내 딸 민희는 제 엄마가 잘해 주거든. 내가 아침 차려 줄 필요가 없어. 나는 잠꾸러기 엄마 땜에 불쌍한 우리 유미한테 꼭 필요한 새아빠란 말이지!"

이렇게 말하는 데는 정말 당할 재간이 없다. 나는 새아빠가 좋다. 저런 소탈한 명랑함이 늘 우울하고 엉뚱하고 심각한 고민에 잘 빠지는 엄마의 마음을 사로잡았으리라. 새아빠랑 얘기하면 언제나 기분이 좋아졌다.

"하긴 새아빠가 없을 땐 아침도 못 얻어먹고 다녔다니까요."

그러면서 나는 새아빠랑 엄마 흉을 보기도 했고, 학교에서 있었던 일을 종알종알 일러바치기도 했다.

2학년 담임에게 찍혔던 그날도 나는 담임과의 언쟁을 새아빠에게 낱낱이 말했다.

"글쎄, 지는 귀 뚫어서 귀걸이 턱 하고는 나더러는 술집 여자가 될 거래요. 그게 선생이 할 소리냐구요?"

"흐음……."

그러자 새아빠는 잠시 말이 없었다. 저럴 때의 새아빠의 갈등을 나는 알 수 있었다. 그럴 경우 아빠로서 해 줘야 할 말과 자기의 진짜 생각과의 사이에서 갈등을 겪는 것이다.

"그래, 확실히 그 선생님은 어른스럽진 못하구나. 거기다 술집 여자, 이런 말을 하다니 선생 자격이 없는 사람이다. 유미야, 나는 기본적으로 어른이 해서 나쁜 짓이 아니라면 아이가 해서도 나쁜 짓은 아니라고 생각한다. 아이가 해서 나쁜 짓이라면 그건 어른이 해도 나쁜 짓인 거야. 그러니까 귀를 뚫어선 안 된다, 이런 규율은 없어져야 한다고 생각된다. 하지만 아직 어릴 때는 자기가 한 일에 책임질 능력이 없으니 학교에서는 어떻게든 보호해야 한다고 생각하는 거야. 좀 과잉보호로 여겨지지만 염색이나 귀 뚫는 걸 불량학생의 상징으로 생각하는 거지. 그래서 막는 거고."

피식, 저절로 웃음이 새어 나왔다. 저렇게 새아빠가 평소의 말투와는 다르게 '–한다'는 식으로 말할 때는 나름대로 상당히 '아빠답게' 행동하려고 의식적인 노력을 하고 있다는 걸 뜻했기 때문이다.

"어휴, 또 잔소리, 누가 아빠 아니랄까 봐……."

나의 말에 새아빠도 너털웃음을 터뜨렸다.

"하하, 어때? 그러니까 진짜 아빠 같지?"

새아빠는 무안을 감추려는 듯 웃음으로 얼버무렸다.

하지만 내가 그런 얘기를 꺼낸 건 솔직히 잔소리가 좀 듣고 싶기도 했기 때문이다. 엄마나 아빠는 나에게 일체 잔소리를 하지 않았다. 엄마 아빠는 자기들의 문제로 늘 심각했기 때문에 나의 사소한 문제들에 신경 쓸 여유가 없었다. 어느 선의 잔소리는 나에게 관심으로 여겨졌다. 하지만 잔소리도 격이 있지, 담임의 잔소리는 한마

디로 저질이었다. 새아빠처럼 저렇게만 말해 줬어도 내가 그렇게 독
살스럽게 나오진 않았을 거 아냐, 나는 혼자 생각했다.

"참, 담임이 엄마 불러 오랬는데, 킥킥…… 우리 엄마가 학교 가면
진짜 재밌을 텐데……."

새아빠도 눈앞에 장면이 그려지는지 다시 큰 소리로 웃음을 터뜨
렸다.

"하하, 니네 엄마한테 귀 뚫는 게 잘못된 거란 걸 설명하려던 그 선
생 열 받아 돌아 버릴걸."

나는 열변을 토하는 담임 앞에서 귀 뚫는 게 왜 잘못인지 도무지
이해를 못한 채 어리둥절한 얼굴로 앉아 있는 엄마의 얼굴을 상상해
보았다. 더군다나 어떤 일이든 자기가 납득할 때까지는 결코 대충
받아들이지 않는 엄마의 질문 공세를 생각하니 더욱 우스웠다. 정말
혼자 보기 아까운 장면이리라.

"글쎄 말예요. 엄마가 못 가서 유감이네."

"유미야, 새아빠가 대신 가 줄까?"

"됐습니다, 됐어요. 애 보느라고 바빠서 못 온다고 하면 돼요. 기
가 막혀 혈압 올라가겠지, 뭐."

엄마는 월 수 금 사흘 동안은 학습지 교사 일을 하러 돌아다닌다.

어린이 철학 학습지였으니 엄마에겐 딱 맞는 일이지만, 엄마 같은 철학 선생을 만난 아이들은 분명 엉뚱한 고민에 빠질 게 분명했다. 그런 엄마와 철저하게 꽉 막힌 담임이 만난다면 코미디도 그런 코미디가 없으리라. 그때 결국 어떻게 됐던가?

맞다. 담임은 몇 번 독촉을 하다가 어린 동생 때문에 못 온다는 내 말에 가정환경 조사서를 꼼꼼히 조사해 보더니 더 이상 아무 말도 하지 않았다. 나는 담임의 머릿속에 내가 어떤 식으로 입력되었는지 충분히 알 수 있었다. 이혼도 부족해서 재혼인 가정, 그것도 부족해서 남부끄럽게 재혼 부부의 늦둥이까지 있는 가정……

담임은 나를 극도로 나쁜 환경의 아이로 규정짓고, 아예 선도가 필요 없는 문제아로 낙인 찍었으리라. 낙인이 찍히면 생활은 훨씬 쉬워진다. 그 뒤로 담임은 내 행동에 일체 간섭을 하지 않았다. 그저 썩은 사과를 멀쩡한 사과 옆에서 멀찍이 떼어 놓는 일에만 신경 썼을 뿐이다. 내가 이미 외톨이란 걸 알고 있었으므로 다른 학생들까지 물들일 일은 없다고 판단했고, 그렇다면 혼자 무슨 일을 하든, 너 같은 건 안중에도 없다는 철저한 무시로 일관했다. 외로웠지만 편했다. 그리고 무엇보다도 내게는 재준이가 있었기 때문에 그 모든 서러움을 다 극복할 수 있었다.

사실 내가 원래부터 이렇게 삐딱한 성격은 아니었다. 초등학교 때까지만 해도 나는 온순하고 순종적인 학생에 속했다. 언제부터 내 성격이 이렇게 비뚤어지게 된 것일까?

어렸을 때 나는 자신이 아주 평범한 아이라고 생각했다. 모든 것이 주변의 친구들과 비슷했기 때문이다. 나는 고만고만한 동네의, 고만고만한 작은 아파트에 살고 있었고, 엄마와 아빠의 무남독녀 외딸로, 고만고만하게 자라고 있었다. 다른 집들처럼 일요일이면 가족끼리 놀이공원에 놀러 가거나 외식을 했고, 아빠는 회사에 다니고, 엄마는 집에서 살림을 했다.

엄마가 다른 집 엄마하고 좀 다르기는 했다. 엄마는 무엇이든 허둥지둥, 시간에 쫓긴 듯 일을 했다. 하지만 그렇다고 그 나머지 시간에 무엇을 하는 것은 아니었다. 언제나 엄마는 어딘가 넋이 나가 있는 사람처럼 보였다. 내가 유치원이나 학교에 갔다 와서 있었던 일을 종알종알 얘기하고 있으면, 엄마는 그런 나를 조용히 웃으며 바라보곤 했다. 나는 엄마의 그 조용한 미소가 좋아서 열심히 떠들었지만 나중에 보면 엄마는 내가 한 얘기를 하나도 기억하지 못했다. 그러니까 엄마는 내 얘기를 듣고 있지 않았던 것이다. 그럴 때면 나는 등이 시린 느낌이 들 정도로 외로웠다.

"당신은 나사 하나가 빠진 사람이야."

아빠는 그런 엄마를 보고 혀를 차며 말했다.

언젠가 밤에 오줌이 마려워 깼을 때, 나는 안방 문이 열린 틈 사이로 아빠의 나직하지만 화난 음성이 새어 나오는 것을 들었다.

"대체 어떻게 해 줘야 돼? 당신이라는 여자는 정말 알다가도 모르겠어."

아직 어릴 때였지만 그 말을 들을 때의 오싹하던 느낌은 어제 일처럼 기억에 생생했다. 그때 나는 아빠의 느낌을 뼈저리게 알 수 있었다. 아빠는 나처럼 외로운 거야, 나는 그렇게 생각했다.

그런 일이 있긴 했어도 우리는 지극히 평범했다. 여전히 일요일이면 놀이공원에 가거나 외식을 했고, 아빠는 회사에 다녔고, 엄마는 살림을 했다.

하지만 집안 공기에는 무언가 냉기, 아니다, 냉기라기보다는 건조함, 삭막한 기운이 흘렀다. 아빠 엄마는 내 앞에서 다른 집의 아빠 엄마와 비슷한 모습을 보였지만, 어딘가 연기를 하는 듯한 분위기가 느껴졌다.

그러다 초등학교 3학년이 되던 해, 어느 날 학교 앞에 아빠가 와서 기다리고 있었다. 아빠는 나를 레스토랑으로 데려가 근사한 식사를 사 준 다음에 말했다.

"엄마랑 아빠는 헤어지기로 했단다. 미안하다. 하지만 우리 유미
도 크면 이해하게 될 거야. 엄마 아빠가 너를 사랑하는 마음은 조금
도 변함이 없어. 유미야, 엄마도 너랑 같이 살고 싶어 하지만 아빠는
엄마한테 너를 못 맡기겠다. 넌 이 아빠랑 살자. 응?"

나는 말없이 스테이크를 썰어서 끝까지 꼭꼭 씹어 먹었다. 그런
날이 올 줄 알았던 것처럼 태연히.

레스토랑을 나오면서도 나는 아무 말도 하지 않았다. 아빠도 더
이상 말이 없었다. 아빠가 내 손을 잡았다. 나는 땅바닥만 내려다보
며 묵묵히 걸었다.

살던 아파트 앞에 다다랐을 때, 나는 아빠를 올려다보며 물었다.

"우리 집에선 누가 살아?"

아빠가 나를 내려다보며 말했다.

"이 집에선 엄마가 살기로 했어. 아빠도 여기서 멀지 않은 곳에 아
파트를 얻었어. 학교도 그대로 다닐 수 있단다. 들어가서 엄마한테
인사하고 아빠 집으로 가자. 아니, 며칠 더 있다 가도 좋아."

어쩌다 나는 이런 부모 밑에 태어났단 말인가, 그때 내 머릿속에
서 떠오른 생각은 그런 것이었다. 학교에서 짝을 바꿔도 이렇게 간

단하지는 않다. 물론 그동안 엄마 아빠 사이에는 많은 대화가 있었겠지만, 나에게 그것은 날벼락과 같은 일이었다. 텔레비전에서 나오듯이 그릇을 던지고, 서로 때리고 맞고, 소리를 지르는 그런 소동 하나 없이 엄마 아빠는 조용히 모든 일을 끝냈다. 나에게 마음의 준비를 할 시간은 조금도 주지 않고. 그러고는 지금 누구랑 살 건지 정하라고 한다.

나는 엄마도 싫고, 아빠도 싫었다. 내가 어른이었으면 싶었다. 어른이라면 나 혼자 살 수 있을 텐데. 하지만 그때 나는 아직 초등학생일 뿐이었고, 누군가를 선택해 함께 살아야만 했다.

"난 이 집에서 살래."

나는 그렇게 말했다. 엄마랑 살겠다고 한 것이 아니었다. 고양이들은 주인을 따르는 게 아니라 집을 따른다고 했던가. 그래서 주인이 이사를 가도 그 집에 머무르려고 한다던가. 나는 고양이처럼 집을 택했다. 그때까지 살고 있던 익숙한 집을.

자기들은 헤어지든 말든 맘대로 하라고 그래. 나는 이 집에서 살 테야.

그렇게 혼자 중얼거렸고, 그때부터 나는 마음을 닫았는지 모른다. 어른들은, 세상은, 나한테 준비할 시간도 안 주고, 갑자기 뒤통수를

친다는 것을 알았기 때문이다. 나는 상처 입기 싫었고, 그래서 누구에게도 마음 열고 싶지 않았다.

그것이 내 어린 날 첫 번째 충격이기는 했다.

하지만 나는 그것 때문에 내 성격이 비뚤어진 것이라고 덮어씌우고 싶지는 않다. 물론 그렇게 말하면 모든 게 간단해지기는 한다. 사람들은 누구나 잘 이해하겠다는 눈길로 고개를 끄떡일 것이다. 그렇지만 그것은 진실이 아니다. 그건 그저 내 일을 남 탓으로 돌려 버리는 핑계에 지나지 않는다. 좀 비겁한 냄새가 난다.

그렇다. 난 적어도 비겁한 사람이 되고 싶지는 않으니까 그렇게 몰아가지는 말자. 그냥 잘 모르겠다는 게 정답이지. 그 일도 한 계기가 되었겠지만 그 밖에도 여러 이유들이 섞여 지금의 나를 만들었을 것이다.

어쨌든 내가 초등학교 3학년 때 엄마 아빠는 이혼을 했고, 나는 엄마랑 둘이 살아가게 되었다. 물론 아빠는 가끔씩 놀러와 놀아 주곤 하였다. 그러나 얼마 지나지 않아 아빠는 재혼을 하였고, 그런 다음에는 아주 가끔씩만 나한테 연락을 하였다. 아빠가 새로 결혼한 여자에게도 나와 비슷한 나이의 딸이 있다고 했다. 그래서 새아빠한테 내가 그런 질문을 했는지도 몰랐다.

엄마와 나와 둘이서만 산 시간도 길지 않았다. 엄마는 혼자서 살 수 있는 사람이 못 되었다. 아빠와 헤어지고 나서 엄마는 일을 시작했다. 엄마는 영어나 국어 학습지 선생 일도 하고, 보험설계사 일도 했다. 하지만 어떤 일도 야무지게 잘 해내지 못했고, 조금이라도 자존심 상하는 일이 있으면 그날로 때려치웠다. 그러다 보니 몇 만원 안 되는 공과금 쪽지를 보고도 한숨을 쉬는 엄마를 봐야만 했다.

"밥 벌어먹는 데는 아무 소용 없는 전공이야."

어느 날 철학과 출신의 엄마가 우울한 목소리로 말했다.

아빠가 일부 도와주는 몫이 있어 그래도 간신히 버텨 나갔다. 그러다 엄마는 지금의 새아빠를 만났고, 결혼하게 되었다. 그러더니 그 나이에 아이를 다 낳고……

이렇게 생각하고 보면 나는 내 신세가 너무 복잡하다고 여겨진다. 아닌가, 따지고 보면 크게 복잡할 것도 없지만, 지독하게 평범하던 아이가 어느 순간부터 아주 남다른 환경에 처해지게 된 것만은 사실이었다. 엄마 아빠가 이혼해서 사는 것만도 주변에 흔한 일은 아닌데, 거기다 다 각각 새 결혼을 하고, 새아빠와 살고, 거기다 엄마가 동생까지 낳고…….

이런 일은 내 친구 중의 누구에게도 없는 일이었다.

하지만 나는 새아빠가 좋고, 동생 유현이가 귀여웠다. 내가 새아빠를 좋아하는 것은 새아빠가 절대로 잘난 체하지 않는 어른이어서였다. 물론 새아빠는 가끔 아빠인 척하면서 잔소리나 설교를 늘어놓기도 하지만 금세 쑥스러워하곤 했다. 그리고 진심으로 나는 친아빠보다 새아빠가 나를 훨씬 더 잘 이해한다고 생각한다. 사랑은 모르겠다. 아무래도 사랑은 친자식에 대한 것이 낫겠지, 그렇게 생각하다가도 이해하지 못하는 사랑이란 어떤 것일까, 하고 생각해 보면 또 머리가 복잡해진다.

몰라. 예전엔 어땠는지 몰라도 지금 우리 진짜 아빠는 내 생각을 별로 안 하는걸, 뭐. 새살림하느라 바빠서겠지. 이해한다, 나는. 나 역시 마음이 이렇게 바뀌었는데, 아빠라고 다를 것인가. 충분히 이해할 수 있었다.

그 우울하던 엄마가 잘 웃게 된 건 정말 신기한 일이었다. 새아빠를 만나고서 엄마는 잘 웃게 되었다. 그리고 이제는 내가 무슨 말을 해도 진심으로 귀 기울여 들었다.

2학년 때 갑자기 전학을 오게 된 것은 이 집으로 피치 못하게 이사를 해야 했기 때문이다. 엄마는 돈이 필요해서 살던 아파트에 전세를 주었고, 마침 아는 사람이 이 집을 싸게 빌려 주었기 때문에 이사를 하게 된 것이었다.

이 집은 사실 저번 아파트만은 못 해도 살 만했다. 괜찮았다. 하지만 이 동네는 이쪽에서는 상당한 부촌이라 우리 연립은 가장 초라한 건물에 속했다. 나는 상대적으로 가난뱅이가 된 느낌이 싫었다. 아이들은 학교를 빙 둘러싸고 있는 세 군데의 아파트에 모두 나뉘어 살고 있었다. 나만 '연립주택'에 살고 있었고, 그 사실은 매우 중요했다.

내가 어릴 때 집을 택했던 건 옳은 결정이었어. 하지만 그 집에서도 살 수 없게 되어 이렇게 밀려나다니…….

그런 생각이 절로 들었지만 나는 구질구질한 얘기는 딱 질색이었다. 난 정말 쿨하게, 근사하게 살고 싶다. 하지만 인생이란 게 어디 그렇게 뜻대로 굴러가 주는가 말이다, 에구구.

나는 허기가 졌던 터라 맛있게 식사를 마치고 일어났다. 설거지를 깨끗이 해서 엎어 놓고 나니 배도 부르고 온몸이 나른했다.

나도 한숨 자고 일어나서 공부할까…….

안방 문을 살짝 열어 보니 아빠와 유현이는 누가 업어 가도 모르게 깊이 잠들어 있었다. 잠든 두 사람의 모습이 너무도 판박이처럼 닮은 얼굴이라 나는 슬며시 웃음이 나왔다.

판박이처럼 닮은 얼굴……. 그러자 문득 재준이의 동생 인준이가 떠올랐다.

그 병원의 영안실……. 참으로 이상한, 실감이라곤 한 점도 묻어 있지 않았던 그 기이한 장면…….

이건 있을 수 없는 일이야, 절대로 있을 수 없는 일이야, 이건 현실이 아니야, 그럴 수는 없어…….

다음 날 아침에야 소식을 듣고 영안실로 달려가던 나의 머릿속에는 그런 생각들만이 마구 소용돌이쳐 흐르고 있었다. 그 순간은 죽을 때까지 결코 잊지 못할 것이다. 지하로 이어지는 영안실 계단을 내려가는 내내 눈에 박히던 풍경들이 내게는 하나같이 괴상하게만 여겨졌다.

계단을 가득 메운 아이들, 교복을 입은 아이들, 아직 열다섯, 열여섯 살밖에 되지 않은 아이들, 솜털 보송보송한 그 아이들의 모습은 바로 그 아이들 중의 하나인 내가 보기에도 죽음의 장소인 영안실과는 너무도 어울리지 않아 보였다. 누가 목이라도 조른 것처럼 나는 숨이 턱턱 막혀 왔다.

왜 이렇게 무서운가.

나는 꿈을 꾸고 있는 것만 같았다. 꿈이라면 참으로 끔찍한 꿈이었다.

어두운 지하 계단을 가득 메운, 아직 어린 친구들의 모습, 하얀 교복, 숨 막히는 향내, 수업 시간에도 입을 다물지 못하고 그렇게 떠들어 대던 아이들이 한순간에 목소리를 잃어버린 것처럼 침묵을 지키고 있던 계단……

아이들의 숨죽인 침묵이 오히려 큰 소리로 비명을 지르는 것처럼 들렸던 건 무슨 까닭일까. 나는 정말로 고막이 찢어질 것만 같았다.

온몸에서 진땀이 바작바작 흘러나왔다. 가까스로 한 계단씩 발을 딛었다.

꿈이기를, 이 모든 게 악몽이기를, 이럴 수는 없으니까, 이럴 수는 없으니까…….

아이들은 끝없이 이어져 있었다. 어디서 이 많은 아이들이 온 것일까?

똑같은 교복에, 똑같이 슬픈 얼굴을 한 아이들이 끝없이 이어져 있었다.

한 친구가 나의 팔을 잡고 어느 방으로 데리고 들어갔다.

그 방에 들어서자 둑이 터지듯 울음소리가 폭포처럼 쏟아져 나왔다.

영정 사진 속에서 재준이가 아무것도 모르는 아이처럼 천진하게 웃고 있었다.

누군가 손에 쥐어 주는 대로 국화 한 송이를 그 앞에 올려놓고 나는 돌아섰지만 그때까지도 나는 울지 않고 있었다. 아무것도 실감이 나지 않았다.

그런데 내가 막 국화꽃을 올려놓고 돌아섰던 그때였다.

"아!"

나는 숨이 멎는 줄 알았다.

거기에 재준이가 서 있었다. 헐렁한 검은 양복을 입은 재준이가!

하지만 다시 보니 얼굴이 온통 눈물 범벅인 그 아이는 재준이를 그대로 조금씩 축소해 놓은 것처럼 꼭 닮은 재준이 동생 인준이였다.

아, 얘가 인준이구나.

몇 번 그 집에 놀러 갔어도 인준이와는 한 번도 마주친 적이 없었다. 나는 가만히 그 애의 얼굴을 바라보았다. 재준이의 동생이 자기 몸에도 맞지 않는 헐렁한 검은 양복을 입은 채 눈물을 줄줄 흘리며 서 있었다. 도무지 견딜 수가 없었다. 나는 그만 고개를 푹 숙인 채 영안실을 뛰쳐나오고 말았다. 뛰어가는 내 얼굴 위로 비라도 내린 것처럼 눈물이 후드득 후드득 쉬지 않고 떨어졌다. 병원 밖으로 나서니 거리는 온통 비에 젖어 있었다. 내리는 비가 내 눈물을 감춰 주었다.

나는 머리를 흔들었다. 다시금 눈물이 솟을 것만 같아서였다. 그러면서 두 사람의 잠을 깨우지 않게 가만히 문을 닫았다.

나는 내 방으로 들어와 문을 닫고 창문을 활짝 열었다. 책상 위에 놓인 양초에도 불을 붙였다. 그런 다음 서랍 안쪽 깊숙한 곳에서 담배를 꺼냈다. 재준이가 죽은 뒤로 담배를 피우는 일이 잦아졌다. 저번 학교에서 친구들이랑 몰려다니며 놀았을 때, 장난 삼아 담배를 피워 보긴 했다. 서로 폼을 봐 주며 누가 더 근사하게 피우나 경쟁도 하곤 했다.

하지만 그때 피운 담배가 순 겉멋에서 나온 거라면 지금은 달랐다. 재준이의 죽음에 대해 생각할 때마다 누군가 핏줄 속에 석회 가루를 퍼붓는 것처럼 콱콱 막히는 가슴을 달랠 길은 이제 그것밖에 없었다. 저절로 담배로 손이 갔다. 그러다 보니 어느새 이제는 떨칠 수 없는 습관이 되었다. 재준이는 내가 담배 피우는 것을 싫어했다. 어쩌다 재미로 피우는 거였는데도 눈살을 찌푸렸다.

"내가 여자라서 담배 피우면 안 된다는 거야?"

퉁기듯이 내가 물으면 재준이는 정색을 하고 말했다.

"그건 아냐. 나도 담배엔 손 안 대잖아? 나중에 네가 커서 피우는 건 괜찮아. 하지만 지금 우린 너무 어려. 난 엄마가 천식 환자가 된 게 절반 이상 아버지가 피운 담배 탓이라고 생각해. 그 생각을 하면 얼마나 화가 나는지 몰라. 피운 건 자긴데, 왜 엄마가 억울하게 당해야 하냐구? 난 엄마가 너무 불쌍하고, 아버지가 미워. 그래서 내가 담배에 대해 많이 조사해 봤어. 어릴 때 피우는 건 정말 치명적이야. 돌이킬 수가 없어. 우리 엄마가 언제나 하는 얘기가 그거야. 돌이킬 수 없는 일만 하지 마라. 유미야, 난 네가 건강하길 바래. 아픈 건 조금도 낭만적이지 않아."

그럴 때의 재준이는 평소의 순박하고 착한 재준이가 아니었다. 그 애의 분노가 고스란히 전해졌다. 엄마에 대한 연민이 강한 애였기 때문에 더 그랬는지도 몰랐다.

하지만 재준이 너야말로, 돌이킬 수 없는 일을 했잖니? 내가 그렇게 말렸는데, 오토바이만 타지 말라고, 그렇게 손이 발이 되도록 빌었는데, 너는 그걸 탔잖니? 타기만 했어? 그 길로 그냥 죽어 버렸잖니? 죽는 거야말로 절대로 돌이킬 수 없지. 죽는 건 정말로 하나도 낭만적이지 않아. 그러니까 넌 암말 못 해, 내가 담배를 피우든 말든. 난 사는 게 뭔지 정말 모르겠어. 너를 생각하면 화가 치밀어 견딜 수가 없어. 담배 연기보다 더 지독한 것이 내장을 지지는 기분이야. 차라리 담배가 나아. 그래도 담배를 피우면 속이 좀 풀리니까. 돌이킬 수 없더라도 할 수 없어.

나는 담배를 입에 문 채 영어책을 꺼냈다. 시험 범위가 다섯 과나 되었다. 독해나 한번 해 봐야겠다고 생각했지만 머릿속으론 아무것도 들어오지 않았다.

그래, 차라리 재준이 일기장이나 읽자.

나는 매트리스 밑에서 그 파란 표지의 일기장을 꺼냈다. 내가 읽기 전에는 누구도 먼저 손대게 하기 싫어 그렇게 감추어 둔 것이었다.

표지를 넘기자 예전에 그렇게 경악을 금치 못하게 했던 글이 다시 나왔다.

어느 날 내가 죽었습니다.
내 죽음의 의미는 무엇일까요?

이번에는 그 글을 읽어도 괜찮았다. 견딜 만했다. 그 글을 읽고 있으니 오히려 죽은 재준이가 말을 하고 있는 느낌이 들어 반가웠다. 그 말은 죽은 자의 화법이었기 때문에 그 느낌은 아주 강렬했다.

나는 담배를 한 모금 더 깊이 빤 다음 한 장을 더 넘겼다.

3월 13일 (목)

유미가 준 일기장에 드디어 일기를 쓰기 시작한다.

원래는 새해가 시작될 때부터 쓸 생각이었지만 일기에 대한 기억이 워낙 안 좋은 탓에 미루고 미루기만 해 왔다.

그런데 오늘 체육 시간에 장난을 치다가 좋은 생각이 떠올랐다.

나는 애들이랑 시체놀이를 하고 있었다. 시체놀이 하면 우리 반에서 나를 따라올 사람이 없다. 나는 모든 시체의 흉내를 다 내서 아이들의 배를 잡게 만들었다.

물에 빠져 죽은 시체, 총 맞아 쓰러진 시체, 잘 먹고 죽어서 때깔도 좋은 시체, 방사능에 노출돼 그 자리에서 얼어붙은 시체, 체육 시간이라 철봉에 거꾸로 매달려 오징어 시체 흉내까지 냈으니!

요즘 시체놀이는 우리들이 즐겨 하는 최고의 게임이지만 언제 해봐도 그 놀이는 신이 난다. 나는 흉내도 잘 내는 데다 누구보다도 오랫동안 꼼짝도 않고 있을 수 있기 때문에 언제나 게임에서 최고의 성적을 거두었다.

그런데 아까 모래밭에 누운 채 사막에서 목말라 죽은 시체 흉내를 내고 있었는데, 갑자기 이상한 기분이 들었다. 태양이 내리쬐고 있었던 탓인가. 나는 진짜 내가 죽은 시체라는 생각에 사로잡혔다. 몸을 움직여도 말을 들을 것 같지 않았다. 한번 그런 생각에 사로잡히니 덜컥 겁이 났다. 만약 내가 몸을 움직이려고 하는데, 몸이 움직여지지 않는다면 그 기분이 어떨까?

물론 아주 잠시 든 생각이었지만 그런 생각을 하자 감은 눈 위로 쏟아지는 햇살도, 두 귀로 들려오는 아이들의 목소리도 갑자기 전혀 다르게 들려왔다.

너무 오래 내가 꼼짝도 않고 있으니까 아이들이 나를 흔들어 댔다. 이제 그만 일어나!

그런데도 내가 죽은 척을 하고 있자 급기야 애들은 나를 마구 흔들어 대기 시작했다. 졸도라도 한 걸로 안 것이었다. 일어나! 일어나, 재준아!

애들에게 미안해서 부스스 일어나자 아이들은 모두 너무나 다행스럽다는 얼굴로 나를 환영하는 것이었다.

나는 마치 죽었다 살아온 기분이었다. 그러자 문득 시체놀이를 하는 기분으로 이 세상을 살아 보는 것도 재미있겠다는 생각이 들었다. 그러니까 내가 이미 죽었다고 생각하고 모든 것을 바라보는 것이다. 그렇게 하면 모든 것이 얼마나 소중하고, 달라 보일까?

그러니까 앞으로 나는 죽은 척하고 살아 보는 것이다. 의미 따위를 알아볼 생각은 별로 없지만 그렇게 써 놓는 게 멋있어 보여 써 놓았다. 그저 나는 어느 날 내가 죽었다고 생각하고, 이미 죽은 몸이라고 생각하고 이 중학교의 마지막 학년을 살아 보려고 한다. 고등학교까지 가서 이 놀이를 할 생각은 없다. 그때 이 놀이를 한다면 시시한 대입 공부 따위를 도저히 해내지 못할 테니까. 의미가 없어서 말이다.

아, 재미있다! 당장 오늘부터, 그렇게 졸리던 5교시에도 눈을 말똥말똥 뜬 채 수업을 재미있게 들을 수 있었다. 죽은 사람에게는 모든 게 흥미로운 모양이다, 하하! 그리고 이렇게 긴 일기를 다 쓰다니, 내 자신이 자랑스럽다, 우하하!

나는 단숨에 첫날 일기를 읽어 내고는 멍하니 앉아 있었다. 이제 비로소 '어느 날 내가 죽었습니다'란 불길한 예언 같은 말을 일기장 앞에 써 놓은 이유를 알았고, 그런 말을 써 놓은 이유가 자살 충동이나 뭐, 그런 게 아니고 이런 이유였다니 다행스럽긴 했다. 아니다. 다행스럽긴 뭐가 다행스러운가? 재준이는 정말로 어느 날 죽어 버리지 않았는가?

어딘가 야릇한 기분이 들었다. 얘는 하필 왜 이런 놀이를 했을까? 죽었다고 생각하고 사는 놀이라니? 이 중학교의 마지막 학년을 반밖에 채우지 못하고 죽어 버릴 줄은 모르고, 그것조차 모자라 이렇게 미리 그런 놀이를 하다니!

나는 문득 주위를 돌아보았다. 꼭 재준이가 지금도 어딘가 근처에서 이 놀이를 하고 있을 것만 같았다. 아니, 살았을 때 가상 놀이였던 그 게임은 이제는 현실이 되었겠지.

재준이는 시체놀이를 정말 잘했다. 우리 집에서 놀 때도 우리는 그 놀이를 자주 했다. 둘 다 마룻바닥에 드러누워 눈을 감은 채 죽은 시늉을 하곤 했다. 꼼짝도 해서는 안 되었다. 검비가 와서 뺨을 핥아도 움직여서는 안 되었다. 둘 중에 누구라도 먼저 참지 못하고 일어서는 사람이 지는 놀이였다. 언제나 지는 건 나였다.

"넌 도대체 어떻게 그렇게 오랫동안 꼼짝 않고 있니? 갑갑하지도 않아?"

언젠가 내가 그렇게 물었을 때 재준이는 이렇게 말했다.

"이걸 잘하냐 못하냐는 오로지 그걸 즐기느냐, 버티느냐의 차이야. 즐기면 얼마든지 오래가지만 버티면 금방 끝나. 그게 요령이야."

참, 저런 말을 할 때는 상당히 멋있어 보이네, 딴 놈 같아, 나는 피식 웃으며 그런 생각을 했다.

그랬는데, 설마 이런 생각까지 하고 있을 줄은 몰랐다. 모든 생각을 나와 나눠 왔다고 생각했는데, 이런 얘기는 입도 벙긋한 적이 없었다. 재준이도 무언가 마음속에 자신만의 비밀을 지니고 싶었으리라.

눈물이 쏟아지고 슬픔이 폭발할까 봐 무서워서 못 건드리던 일기장이었는데, 시작이 좋았다. 오히려 일기장을 읽고 나니 재준이가 죽었다는 사실을 잊게 되었다. 나는 오랜만에 마음이 편해졌다. 꼭 재준이가 살아서 이 놀이를 즐기고 있는 것만 같았다.

너, 지금도 시체놀이 하고 있는 거지? 즐기면서, 그치?

나는 방 안을 둘러보며 속으로 그렇게 말했다. 하지만 그 순간 재준이의 관이 타오르던 장면이 떠올랐다. 만약 재준이가 시체놀이를 하고 있었다면 그때 산 채로 불에 타야 했으니 그럴 수는 없었다. 아냐, 몸은 그렇게 타 버렸는지 몰라도 네 영혼은 지금 살아 있을 거야. 그래서 죽은 척하고 있는 것뿐이야, 그치?

나는 손에 쥐고 있던 담배를 끄고, 남은 담배를 모조리 휴지통에 버렸다. 재준이가 옆에 있는 기분이 들어 그 아이가 싫어하는 일을 하고 싶지 않았다.

이제 본격적으로 재준이의 일기를 읽고 싶었다. 마치 헤어진 연인을 만나러 가는 것처럼 가슴이 두근거렸다. 내가 몰랐던 재준이의 속내가 궁금하기도 했다.

나는 재준이와 함께 보았던 〈원령공주〉 영화 음악 CD를 틀어 놓고, 침대 위에 벌렁 드러누웠다. 두 팔로 일기장을 쳐들고 다음 장을 넘겨 보았다.

3월 14일 (금)

진짜 재미있다. 아, 산다는 게 이런 거였던가, 하는 깨달음이 드는 하루였다.

죽은 사람의 심정이 되어 하루를 보내 보았다. 그건 정말 신나는 놀이였다. 그거야말로 본격적인 시체놀이겠지만 시체나 흉내 내던 그것과는 전혀 달랐다.

일단 아침에 자리에서 깼을 때, 나는 이미 죽었어, 하고 생각했더니 눈앞에 펼쳐진 하루가 한없이 소중하게 여겨졌다. 그렇게 가기 싫던 학교도 당장 달려가 보고 싶었고, 아침부터 공부 열심히 해야 한다고 잔소리를 퍼붓는 아빠도 재미있게 여겨졌고, 새로 산 내 나이키 운동화를 몰래 신고 나가 진흙을 묻혀 온 인준이도 용서할 수 있었다. 나는 이미 죽었는데, 죽은 사람에게 나이키 운동화쯤이야 하찮지, 하는 생각 때문이었다.

그런데 교문 앞에서 정소희를 만났다. 나는 단박에 얼굴이 붉어졌다. 그것만은 죽었다고 생각해도 막을 수가 없었다. 나는 왜 저 애만 보면 온몸이 굳어 버리는 걸까.

"잘 지냈니? 니네 담임은 하나도 안 무섭다며?"

정소희는 다정하게 웃으며 나한테 인사를 건넸다. 내가 아직도 자기에게 빠져 있다는 것을 잘 아는 저 자신만만하면서도 연민 어린 태도……. 나는 겨우, 음, 음, 하면서 바보 같은 모습만 보였다. 정소희는 요즘 검도부의 김진과 사귄다는 소문인데, 김진, 그 자식, 좋겠다, 으이그…….

진짜 '으이그'다. 골 빈 놈…… 정소희가 뭐가 좋냐. 새침떼기에 얼굴만 좀 반반하게 생겼지, 다른 뭐가 있어, 바보, 머저리 같으니라고……. 재준이가 옆에 있다면 나는 그 애를 분명히 쥐어박았을 것이다. 하지만 재준이는 내 옆에 없다…….

3월 16일 (일)

유미네 집에 놀러 가서 공부 계획을 짰다. 계획을 세워서 서로 체크해 주고, 유미는 내 영어를 도와주고, 나는 유미의 수학을 도와주기로 했다. 하긴 누가 들으면 배를 잡고 웃을 일이다. 내 수학 실력이나 유미의 영어 실력이란 건 어디까지나 우리 둘 중 조금 낫다는 정도밖에 안 되는 거라, 크크……. 뭐, 서로 헤매더라도 이렇게 같이 해나간다는 게 중요하니까.

시체놀이, 아니, 죽은 사람 놀이, 아니, 좀 멋진 말이 없을까? 그래 죽은 영혼의 놀이라고 하자. 그게 그래도 좀 낫다. 죽은 영혼의 놀이는 생각만큼 잘되지 않는다. 한 사흘은 매 순간 그 생각을 하면서 지냈는데, 그다음엔 약간 시들시들해져서 잊어버리고 지내는 시간들이 많아졌다. 그러니까 나는 죽었다 살았다 하면서 살고 있다!

그래도 어떤 순간들은 그 생각이 떠오른다. 아, 내가 죽어서 이 광경을 보고 있다면 어떤 기분일까, 하는 그런 생각.

하루 24시간 죽은 척하고 살기도 힘들다. 그렇게 해 보니 그것도 생활처럼 되어서 감동이 둔해졌다. 실제로 죽은 자도 그럴까? 무엇이든 자꾸 되풀이하면 익숙하고 시들해지는 걸까?

앞으로는 하루에 단 한 번이라도 그 놀이를 한 내용을 여기에 써 돼야지.

3월 17일 (월)

오늘 이런 일이 있었다.

수학 시간에 졸려서 이리저리 둘러보다 유미를 보았는데, 유미 역시 턱에다 손을 받친 채 졸고 있었다. (최대한 잠들지 않은 척하면서)

그런데 갑자기 내 가슴이 탁 막혔다. 그 우스운 모습을 보고 가슴이 막혔던 건 그 순간 내가 죽었다는 생각을 또 떠올렸기 때문이다.

내가 죽으면 유미는 얼마나 슬퍼할까? 아니, 내가 죽어 유미를 못 만나면 나는 얼마나 쓸쓸할까? 그런 생각이 내 가슴속에서 아주 빠르게 소용돌이쳤다. 이제 만난 지 1년밖에 되지 않았지만 유미는 내게 너무나 소중한 친구다. 나는 유미를 사랑하고, 존경한다. 이 세상 누구보다도.

내가 비록 정소희한테 반해 있지만 만약 유미와 소희가 한꺼번에 물에 빠진다면 나는 한순간의 망설임도 없이 유미를 구할 것이다. 가슴이 아플지라도.

갑자기 눈물이 핑 돌았다. 내가 죽어서 유미가 슬퍼하는 모습도 슬펐고, 유미를 다시 못 만나서 속상해하는 내 죽은 모습도 슬펐다.

눈물을 닦느라고 눈을 비비는데, 수학 선생님의 분필이 날아와 내 이마에 딱 맞았다.

"어떠냐? 따끔한 게 잠이 저절로 깨지?"

살아 있다는 게 정말로 싫은 순간이었다.

나는 그만 일기장을 가슴 위로 내려놓았다. 눈물이 주르르 흘렀다. 재준이의 애정이 뭉클하게 다가왔지만 그 모든 것을 넘는 느낌은 그 애가 정말로 죽어 버렸다는 실감이었다.

아, 너는 어쩌면 이런 생각을 다 한 거니? 정말로 너는 다가오는 죽음을 예감하고 있었던 거니? 재준아, 지금 나를 보고 있니? 〈사랑과 영혼〉에서처럼 지금 내 곁에서 나를 흔들고 있는데도 내가 모르고 있는 건 아니니? 그러니? 정말 보고 싶어, 재준아, 나도 그랬을 거야. 그날 그 자리에서 위정하와 너 중 한 사람이 죽어야 했다면 나는 한순간도 망설이지 않고 너를 살려 냈을 거야. 하지만 네가 미워. 이럴 줄 알면서, 내가 이렇게 슬퍼할 줄 알면서 어쩌면 그렇게 사라질수 있니? 나쁜 놈, 나쁜 놈……

눈물이 앞을 가려 더 이상은 한 줄도 읽어 나갈 수가 없었다.

CD에서는 〈원령공주〉의 주제가가 흐르고 있었다. 요시카즈 메라라는 가수가 부르는 그 노래의 내용도 재준이가 설명해 준 것이었다. 채플린 말고도 재준이는 영화에 대해서 대단히 박식했다. 노래 가사 쓰기를 좋아하는 나를 위해 재준이는 일어를 제2외국어로 배우는 고등학생 사촌 형한테 쫓아가 그 가사를 얻어 왔다.

팽팽히 당겨진 활의 떨리는 시위여
달빛에 술렁거리는 너의 마음
날카로워진 칼의 아름다움
그 날카로운 끝과 몹시도 닮은 그대의 옆얼굴
슬픔과 분노에 숨은 진정한 마음을 아는 것은

나는 아름답고 날카로운 칼끝과 닮은 그대의 옆얼굴이란 구절이 마음에 쏙 들었다. 하지만 그 말에 떠오르는 것은 원령공주가 아니라 제철마을의 대장으로 목소리가 섹시했던 에보시였다. 그 영화를 보고 내가 에보시와 늑대들이 가장 인상에 남는다고 하자 재준이는 나를 놀렸다. 꼭 저 같은 것만 좋아해요. 성질 '드러운'…….

재준이는 언제부턴가 적어도 내 앞에서는 수줍음을 타지 않게 되었다. 그래서 얌전하고 수줍어하는 수업 시간의 재준이가 내게는 낯

설게 여겨지기까지 했다.

그런 생각을 하다 나는 어느새 스르르 잠이 들고 말았다. 꿈속에서 나는 늑대를 타고 어두운 숲을 달리고 있었다. 그때 재준이가 피를 흘리며 쓰러져 있는 모습이 보였다. 나는 얼른 재준이를 늑대 등에 함께 태우고, 모든 상처를 낫게 하는 신비스러운 숲속의 개울로 데려갔다. 나는 재준이를 그 물속에 눕혔다. 그러자 상처들이 하나씩 아물고, 마침내 재준이가 미소지으며 일어났다. 꿈속에서도 얼마나 기쁜지 나는 재준이를 얼싸안고 엉엉 울었다.

"아휴, 우리 따님, 날 깨워 준다더니 공부는 안 하고 한밤중이시네. 무슨 슬픈 꿈을 꾸셨나?"

새아빠가 문을 열고 말하는 소리에 나는 벌떡 일어났다.

"어쩌냐, 난 이제 나가야겠는데, 유현이는 아직 자니까 미리미리 공부해 놔. 유현이 깨면 공부하기도 나쁘잖니? 오늘은 엄마가 일찍 들어온댔으니까 밥 같이 먹고."

"오늘도 노래하러 가는 거예요?"

"응, 김철진, 그 녀석이 자꾸 펑크를 내네. 덕택에 나야 푼돈이 생겨 좋지만. 그럼 나갔다 올게."

"예, 새아빠, 다녀오세요!"

새아빠를 배웅하려고 일어나다 보니 베개가 흠뻑 젖어 있었다.

나는 다시 재준이의 일기장을 펼쳤지만 도로 덮고 말았다. 더 이상은 한 줄도 눈에 들어오지 않았다.

04
/
너랑 친구가 되는 게
아니었어

중간고사 마지막 날 마지막 시간 마지막 문제, 사회 시험 시간이었다.

다음 중 아편전쟁의 결과로 맺어진 조약은 무엇인가?

1. 베이징 조약   2. 난징 조약

3. 베를린 조약   4. 포츠담 조약

나는 자신 있게 2번 난징 조약에 검정 수성 사인펜으로 칠을 한 다음 책상 위에 엎드렸다. 그래도 어제 낮잠에서 깬 다음에 사회 공부

는 좀 했던 탓에 시험은 그런대로 쳤다. 이제 시험도 끝났으니 오늘
은 집에 가서 한숨 잔 다음에 재준이의 일기를 끝까지 다 읽어 내자.
읽는 대목마다 함께했던 시간들이 떠오르고, 눈물이 흘러 일기장을
넘기는 게 쉽지만은 않겠지만…….

아주머니를 생각해서라도 읽어야만 한다. 그 뒤로 나한테 한 번도
물어 오지 않았지만 속으로야 얼마나 애를 태우고 있을 것인가. 아
들이 왜 그런 말을 일기장에 써 놓았는지 온갖 생각이 꼬리를 물고
아주머니를 괴롭히고 있을 것이다. 그래, 이제는 핑계도 없어. 시험
도 끝났으니 무슨 일이 있어도, 아무리 괴로워도 오늘은 끝까지 재
준이의 일기를 읽는 거야……. 나는 단단히 마음을 먹었다.

집에 돌아가는 길에 보니 어느새 플라타너스 잎새들이 조금씩 물
들어 가고 있었다. 벌써 가을이 깊어 가는구나, 재준이 네가 죽은 지
도 벌써 두 달……. 작년 봄, 벚꽃잎이 날릴 때 만나서 봄, 여름, 가
을, 겨울, 그리고 다시 봄을 함께 지내고 두 번째 여름도 함께 지내다
너는 나를 두고 가 버렸지, 아니 가긴 어딜 가, 그냥 증발하듯 사라져
버렸지…….

"야, 진유미!"

피시방 앞을 지나는데 누군가 나를 불렀다. 돌아보니 위정하가 거

들먹거리는 자세로 서 있었다.

그래, 네가 대신 죽어 버리지, 재준이 대신에 네가 죽었다면 이렇게 슬프진 않았을 거야…….

나도 모르게 나는 그 아이를 보며 그런 생각을 하고 있었다. 멍한 눈길로.

위정하가 옆으로 다가왔다.

"집에 가는 길이니?"

그 애가 물었다.

"그래."

나는 가능한한 간단하게 대답했다. 그 애에 대해서 나는 이제 아무런 감정이 없었다.

"너, 재준이 때문에 많이 힘들지? 둘이 참 친했잖아?"

나는 입을 꾹 다문 채 아무 말도 하지 않았다. 그런 질문에 그냥 '응' 하고 답할 만큼 우리의 우정이 하찮은 것은 아니라고 생각했다.

"나도 재준이 생각이 많이 나. 나는 3년이나 폭주족 노릇을 했는데도 멀쩡한데…… 재준이야 얌전한 애였잖아? 어쩌다 탄 게 그렇게 되다니 세상일이란……. 영균이가 그러는데, 재준이 걔가 그때까지 한 번도 속력을 내 본 적이 없었대. 겨우 배운 데다 워낙 겁이 많은 애라 혼자 오토바이를 빌려 갈 때도 아무 걱정도 안 했다더라. 그런데 왜 그렇게 속력을 냈던 건지, 참⋯⋯."

나는 여전히 입을 다문 채 발만 내려다보며 걸었다. 이 자식은 뭘 말하고 싶은 거야, 얼른 꺼지지 못해, 그런 말이 목까지 올라왔지만 참았다.

"너, 재준이가 두 시간 동안이나 살아 있었다는 거 알아?"

위정하가 내 얼굴을 빤히 들여다보며 물었다. 나는 처음엔 무슨 말인지 몰라 멀뚱하니 그 애를 바라보았다.

"사고가 나고도 두 시간이나 살아 있었대. 의사가 그랬대. 혹시 병원에 더 일찍 왔다면 살았을지도 모른다고."

나는 정신이 하나도 없었다. 처음 듣는 말이었다.

"그게 무슨 소리야? 재준이는 그 자리에서 즉사했잖아?"

"그게 아니래. 걔네 엄마가 애들한테 그 얘기를 못 하게 한 거래. 우리가 충격 받는다고⋯⋯. 사실은 아니라는 거야."

"넌 어떻게 아는데? 그럼?"

"우리 엄마한테서 들었어. 우리 엄마 친구가 걔네 엄마랑 같은 아파트에 살거든. 반상회에서 들었대."

나는 눈앞이 아득해졌다.

"두 시간 만에 발견되었다는 건 알아. 그럼 그동안 살아 있었다는 거야?"

"그래. 앰뷸런스에 실려 갈 때도 숨은 붙어 있었대."

"뭐라구?"

나는 갑자기 숨이 탁 막혀 가슴을 붙잡은 채 주저앉았다. 재준이가 죽었다는 말을 처음 들었을 때처럼 엄청난 충격이 몰려왔다.

위정하는 놀라서 나를 붙잡으며 말했다.

"야, 야, 내가 괜히 얘기했네. 너무 괴로워하지 마. 살아 있었어도 의식은 없었을 거라니까 고통을 느끼진 못했을 거야."

나는 위정하가 잡은 손을 뿌리치며 간신히 몸을 일으켰다.

"됐어. 괜찮아. 가, 얼른! 난 좀 있다 갈 테니까."

내 말에 위정하는 걱정스런 얼굴로 나를 바라보았다.

"가라니까! 귓구멍이 막혔어? 얼른 꺼지란 말야!"

내가 소리를 지르자 그제야 위정하는 대꾸를 했다.

"아, 알았어! 왜 소리는 지르고 야단이야? 하여튼 성질머리하고는……. 알았으니까 혼자 있다 오든가 말든가. 난 간다!"

위정하는 옆에 세워 둔 자전거를 집어타고 가 버렸다.

하늘이 뱅글뱅글 돌았다. 나는 가로수에 몸을 기대었다. 어느새 붉은 물이 들어 가는 벚나무의 이파리들이 하늘을 배경으로 아름다웠다.

재준이가, 재준이가 살아 있었다고…… 그 두 시간 동안 살아 있었다고……. 정신이 아뜩했다. 재준이가 죽은 자리에 가 보고 싶다는 생각이 불쑥 솟았다. 나는 머리를 흔들었다. 하지만 한번 그 생각이 들자 나는 미칠 것만 같았다. 그 자리는 버스로 한 정류장이면 되는 거리에 있었다.

걸어가도 10분이면 가는 가까운 곳, 넓은 사거리, 교회 앞 가로수를 받고 너는 날아올랐지…… 으깨졌지……. 그런데 그런 상태로 네가 살아 있었다고…… 숨이 붙어 있었다고…….

내 발길은 어느새 그 자리를 향하고 있었다. 할인 마트 앞을 지나고, 찜질방 앞도 지나고, 자전거 가게도 지나고, 아구찜 집도 지나고, 재준이가 다니던 학원 앞도 지나고…….

그 자리가 가까워 올수록 나의 마음은 격렬히 다투었다. 가고 싶지 않다는 마음과 꼭 가고 싶다는 마음이.

영안실에서 뛰쳐나왔던 그날, 나는 비를 맞으며 사고 장소를 찾아갔다. 너무도 믿어지지 않아서 내 눈으로 직접 확인을 해야만 했다. 재준이가 쓰러져 누워 있던 자리는 하얀 스프레이로 표시가 되어 있었다. 그리고 그 자리로부터 다음 가로수까지 희미하지만 불그스름한 핏자국이 남아 있었다. 빗물에 씻겨 희미해졌어도 그것이 핏자국이라는 걸 충분히 알아볼 수 있을 만큼 그때까지도 생생히……. 재준이의 머리에서 흘러 나왔을 그 피……. 그 순간 나는 바로 내 머리에서 붉은 피가 줄줄 흘러나오는 것만 같았다. 몸서리가 쳐졌다. 등골로 싸늘하게 전율이 훑고 지나갔다. 그날 뒤로 나는 다시는 그 곳에 가지 않았다. 어쩔 수 없이 차를 타고 가다 그 옆을 지나칠 일이 있어도 언제나 고개를 돌려 버리곤 했다.

마침내 그 자리에 다다랐다. 푸르고 무성하던 그 여름의 플라타너스도 벌써 누렇게 변해 가고 있었다. 하얀 스프레이 자국도 이제는 희미해져 형체를 알아볼 수 없었고, 그 생생했던 핏자국은 말끔히 사라져 흔적조차 찾을 수 없었다. 붉은 벽돌로 된 교회 앞에는 미소짓는 신도들만 모여 있었다.

떠들며 지나가던 아주머니들이 가만히 멈춰 서 있는 나를 흘낏 바라보다 나와 눈이 마주치자 얼른 시치미를 떼고 발걸음을 재촉했다.

얇은 망사로 걸러 낸 듯 고운 가을 햇살이 사람들의 모습을 행복하게 보이게 했다.

그 길은 큰길가라도 사람들이 잘 다니는 길은 아니었다. 하지만 두 시간 동안이나 한 사람도 다니지 않았을 리는 없었다.

재준이가 으깨진 몸으로 두 시간을 살아 있었다…….

오토바이를 빌려 줬던 영균이가 아무래도 이상해서 찾아 나설 때까지 두어 시간이나 방치되어 있었다는 건 알고 있었다. 하지만 그때 재준이에게 생명이 붙어 있었다니, 만약 누군가가 좀더 일찍 신고라도 해 주었다면, 그랬다면 재준이는 살아날 수도 있었다니…….
으깨진 몸으로, 피를 울컥울컥 쏟으며 너는 두 시간을 살아 있었다.
의사들은 살아 있었어도 의식은 없었을 거라고 했다지. 하지만 만에 하나 단 1분이라도, 아니 단 몇 초라도 너한테 의식이 있었다면, 그랬다면 얼마나 아팠겠니, 얼마나 외로웠겠니……. 누군가 너를 분명 보았을 텐데, 번거로운 일에 말려들기 싫어 피했겠지, 나쁜 놈, 그저 전화 한 통만 해 줬어도 한 사람의 생명을 구할 수 있었을지도 모르는데…….

내 가슴속으로 다시 해일처럼 분노와 슬픔이 몰려왔다. 흑, 저절로 가슴 어디쯤인가 겨우 막아 놓은 마개가 열리는 느낌이 들더니 눈물이 후두둑, 쏟아지듯 길 위로 떨어졌다.

신이 있다면 이럴 수는 없어. 신이 있다면 나는 내 손으로 그 신의 가슴에 비수를 꽂고 난도질을 해 주고 싶어. 어쩌면 이럴 수가 있어.

어쩌면, 이건 말도 안 되는 일이야. 재준아, 이건 거짓말이지? 넌, 넌 그냥 죽은 척 게임을 하고 있는 거지? 이 모든 게 다 꿈이라면 얼마나 좋겠니, 꿈이라면, 그냥 기분 나쁜 악몽이라면…….

재준이가 즉사하지 않고 살아 있었다는 얘기는 마치 재준이를 두 번 죽인 것처럼 내 몸을 떨리게 했다.

죽여 버리고 싶어, 그날 그 길을 지나간 년놈들, 재준이를 보고도 그냥 피해 간 년놈들, 다 죽여 버리고 싶어, 다 죽여 버리고 싶어…….

나는 가로수에다 대고 머리를 쾅쾅 박으며 엉엉 큰 소리로 울었다. 지나가는 사람들이 보든 말든 상관 없었다. 도무지 참을 수가 없었다. 이 세상을 다 때려 부수고만 싶었다.

누군가 다가와 "학생, 무슨 일이야?" 하고 물었다. 나는 돌아보지도 않은 채 거친 목소리로 외쳤다.

"꺼져 버려! 꺼져 버려!"

내 기세에 놀란 그 사람은 말없이 사라졌다. 그뿐이었다.

한참을 그렇게 울다가 문득 나는 재준이가 다가와 등에 손을 얹어 주는 느낌에 울음을 멈추었다. 하지만 그런 일은 당연히 일어나지 않았다.

내가 울 때마다 너는 내 등 뒤로 다가와 가만히 손을 얹어 주었지,

쓸데없이 자존심만 강한 내 기분을 건드리지 않기 위해 위로한다는 티도 안 내고, 딴전을 피우고……. 네가 힘들 때 나는 그래 주지 못했지. 재준아, 나는 네가 힘들 때 아무것도 해 주지 못했어, 아무것도……. 네가 여기 쓰러져 피를 흘리고 있을 때도 난 아무것도 해 주지 못했어, 아무것도…….

바람이 불어왔다. 가로수 앞에서 고개를 수그린 채 눈물만 후두둑, 떨어뜨리고 있는 나를 지나가는 사람들이 계속 흘깃거렸다.

나는 가방에서 휴지를 꺼내 큰 소리로 코를 팽, 풀었다. 손수건으로 눈물도 닦아 버렸다.

집에 가니 엄마가 유현이에게 그림책을 읽어 주고 있었다.

유현이는 나를 보자 "누나!" 하며 달려와 안겼다. 포근한 그 아이를 가슴에 안으니 목구멍에서 또 무엇인가가 치밀어 올라왔다. 나는 더욱 깊이 그 애를 껴안았다.

"누나 눈이 왜 토끼 눈 같애?"

유현이가 내 눈을 들여다보며 물었다.

엄마도 나에게 물었다.

"울었니?"

나는 쑥스러워 고개를 저었다.

"아니야. 눈에 뭐가 들어가서……."

눈을 내리까는 나를 엄마는 말없이 다가와 안아 주었다. 그러자 갑자기 다 쏟았다고 생각했던 눈물이 다시금 쏟아졌다.

"엄마, 엄마……."

나는 엄마 품에 안긴 채 다시 울음을 터뜨렸다. 엄마는 나를 더욱 힘주어 안으며 등을 쓰다듬어 주었다.

"누나, 왜 울어? 울지 마! 내가 검비 데려올게, 울지 마!"

유현이는 검비를 찾으러 쪼르르 달려갔다. 언젠가 검비를 잃어버렸다고 생각했던 날, 내가 울음을 터뜨린 걸 본 유현이는 내가 울기만 하면 검비 때문이라고 생각했다. 그 모습에 나는 울음을 그치고 픽, 웃으며 엄마 품에서 빠져나왔다.

"시험 망쳐서 운 거다, 뭐."

나는 일부러 입을 삐죽거리며 말했다. 엄마를 보니 엄마 눈도 빨갰다.

"그래, 시험을 망치다니! 그보다 더 슬픈 일이 어딨겠니?"

엄마는 그렇게 장단을 맞추며 토끼처럼 빨개진 눈으로 피식, 웃었다.

그때 유현이가 잠자다 끌려나와 어리둥절한 검비를 내 품에 안겨 주며 말했다.

"누나, 검비, 여기 있어. 이제 울지 마!"

나도 일부러 검비를 과장스레 안으며 너스레를 떨었다.

"아아, 우리 검비야, 어딨었니? 너 없어진 줄 알고 이 언니가 통곡을 했잖아?"

"누나, 근데 그 형아랑 싸웠어?"

유현이는 갑자기 무슨 생각이 들었는지 내게 엉뚱한 질문을 했다. 나는 가슴이 철렁 내려앉았다. 그 형아는 물론 재준이었다. 하지만 유현이는 여태껏 한 번도 재준이를 찾지 않았는데…….

"싸우긴…… 왜 그런 걸 물어?"

"그 형아 보고 싶은데, 한 번도 안 놀러 오잖아?"

엄마가 얼른 유현이를 향해 등을 내민다.

"유현아, 엄마가 어부바 해 줄까?"

업히는 걸 이 세상에서 가장 좋아하는 유현이는 얼른 엄마의 등으로 올라탄다.

엄마는 유현이를 업은 채 말해 준다.

"그 형아는 멀리로 이사를 갔거든. 참, 우리 유현이한테 인사도 못

하고 간다고 미안하다고 전해 달랬는데, 엄마가 깜빡 잊어먹었어."

"왜 나한테 인사를 못 했어?"

"그때 넌 잠들어 있었거든."

"깨우지…… 그 형아 보고 싶은데……."

유현이의 말에 엄마의 눈길과 내 눈길이 부딪혔다. 나는 엄마의
눈 속에 서늘한 슬픔이 깃드는 것을 보았다.

나는 유현이에게 다가가 등을 두드리며 말해 주었다.

"그 형아, 누나한테도 인사 못 하고 갔는걸. 너무 갑자기 이사를
하게 돼서……."

"그랬구나……."

유현이는 어느 틈에 새근새근 잠이 들었다. 내 품에 안긴 검비도
그새 다시 잠이 들어 있었다. 엄마는 유현이를 눕히러 안방으로 들
어가고, 나는 검비를 안은 채 내 방으로 들어갔다.

나는 벽장 안의 바구니 속에 검비를 살짝 내려놓았다. 검비는 잠
깐 눈을 떴다가 다시 새근새근 잠들었다. 고양이들은 하루 16시간이
나 잠을 잔다. 검비에게 지금은 한밤중인 셈이었다.

깨우지…… 그 형아 보고 싶은데……. 유현이의 말이 귓가에서 맴
돌았다. 그래, 유현아, 너는 잠이나 들어 있었지. 나는 자고 있지도

않았어, 그때……. 내가 이상한 노래 가사를 쓰느라고 책상 앞에 앉아 있었을 그때, 너는 거기 으깨진 채 누워 있었다.

부르지, 나라도 부르지. 나는 깨어 있었는데, 내가 달려나갔더라면 너는 어쩌면 살 수도 있었는데. 아, 바보 같은 나는 너한테 죽음이 어쩌고 하는 문자나 보내고 있었지, 저주처럼, 저주처럼……. 그래도 네가 나빠, 부르지도 않고, 작별 인사 한 마디도 않고 그렇게 사라져 버리다니, 그렇게 흔적도 없이…….

오늘은 도무지 일기장을 못 읽을 것 같았다.

오늘은 싫어. 오늘은 더 이상 네 생각을 하고 싶지 않아……. 친구란 게 뭐니, 그렇게 급할 때 마음이 전해지지도 않는 그런 게 무슨 친구니. 이럴 줄 알았으면 너랑 친구가 되는 게 아니었어. 그 봄날, 그 벚꽃잎 날리던 날, 너랑 친구가 되는 게 아니었어…….

05
/
선생님과의
데이트

다시 또 사흘이 흘렀다. 나는 어떤 일에도 손이 가지 않았다.

시험도 끝났고, 이제 무슨 일이 있어도 재준이의 일기를 끝까지 읽어야겠다고 생각했지만 그렇게 되지가 않았다. 일기장에 손이 안 가는 것만이 아니라 다른 어떤 일도 하기 싫었다. 밥도 먹기 싫었고, 먹은 밥그릇을 씻기도 싫었고, 몸을 씻는 것도 싫었고, 학교도 가기 싫었고, 아이들과 얘기하기도 싫었고, 공부를 하는 것도 싫었고, 텔레비전을 보는 것도 싫었고, 유현이와 노는 것도 싫었고, 엄마 아빠랑 얘기하는 것도 싫었다. 아무것도, 아무것도 하기가 싫었다.

수업 시간마다 나는 지적을 받거나 야단을 맞았다. 필기를 하라고 해도 하지 않고, 숙제는 당연히 해 가지 않았고, 그저 멍한 얼굴로 앉아 있으니 무사히 지나갈 수가 없었다.

지적을 받거나 야단을 맞을 때도 나는, 지적을 받고 야단을 맞고 있는 게 내 자신이 아닌 것만 같았다. 온몸에서 물기란 물기는 죄다 다 빠져 나간 것처럼 입술이 바작바작 탔고, 기운이 없었다.

살아 있다는 기분이 들지 않았다. 재준이의 빈자리를 볼 때마다 슬픔보다 허무함이 밀려왔다. 재준이가 그 자리에서 죽은 게 아니란 사실이 나를 괴롭혔다. 내가 그때 깨어 있으면서도 아무것도 해 주지 못했다는 사실이 명치끝에 걸려 내려가지가 않았다. 처음에 그것은 분노와 슬픔이었는데, 시간이 지날수록 그것은 그냥 답답함이었고, 허망함이었다. 손가락 사이로 모래가 흘러가듯이 사는 일이 허망하게만 여겨졌다.

신이 있다면 목을 비틀고 싶다고 생각했는데, 신이 있다면 비수로 그 가슴을 난도질하고 싶다고 생각했는데, 지금 나는 신이 있다면 그냥 내 목숨도 조용히 거둬 가 주었으면 좋겠다고 생각했다.

그냥, 조용히, 숨이 끊어지면 좋겠어…….

내 머릿속에 내내 맴도는 생각은 그것뿐이었다.

가끔 재준이처럼 나도 내가 이미 죽었다는 상상을 해 보곤 했다.

그러나 재준이가 그 놀이를 통해 삶의 소중함을 느낀 것과는 달리 나는 그대로 죽음에 머물러 있고 싶었다.

그냥 죽어 버리고 싶어. 속이 답답해. 모든 게 귀찮고, 허무해…….
산다는 게 결국 어느 날 사라지기 위해서인데 그냥 지금 사라진들 뭐가 다르겠어…….

그런 말만이 하루 종일 가슴속을 맴돌았다.

마침내 담임 선생님이 보다 못했던지 나를 불렀다.

3학년 담임인 박호민 선생님은 2학년 때의 담임과는 전혀 달랐다. 2학년 때의 담임이 무엇이든 간섭하고, 아이들을 차별하고, 편견이 심한 사람이었다면 박호민 선생님은 한마디로 무심한 사람이었다. 그는 아무것에도 관심이 없어 보였다. 영어를 가르치다가도 물끄러미 한참 동안 창밖을 바라보곤 했다. 이를테면 지금 나 같은 모습을 선생님은 평소에 내내 하고 있었던 것이다. 아이들이 어떤 말썽을 피워도 선생님은 별로 야단을 치지도 않았고, 시험이나 운동회 때 1 등을 하라고 닦달하는 법도 없었다.

그런데도 아이들은 선생님을 어려워해서 알아서 제 할 일들을 잘 해냈다. 나나 재준이나 그런 선생님을 싫어하지 않았다. 무심한데도 이상스런 존경심이 들었고, 무엇보다도 아이들을 차별하는 법이 없었고, 공부만 가지고 아이들을 판단하지도 않았다.

수업이 끝나고 교무실로 가자 선생님이 나를 기다리고 있었다.

선생님은 나를 보자 재킷을 걸치며 말했다.

"어머니께는 내가 전화드렸어. 오늘은 내가 너랑 데이트 좀 하고 보내겠다고 말이야."

선생님은 웃지도 않으면서 평소답지 않은 농담을 했다. 나는 그만 얼굴이 붉어졌다.

어쨌든 나는 선생님 뒤를 따라 학교를 나섰다.

한참 동안 선생님은 나랑 함께 가고 있다는 것을 잊은 사람처럼 자기 혼자 뚜벅뚜벅 앞으로 걸어가기만 했다. 그냥 살짝 집으로 돌아가도 모를 것만 같았다. 그래도 차마 그럴 수가 없어서 할 수 없이 선생님을 따라갔다.

큰길가에 이르자 선생님은 지나가던 택시를 세웠다. 그러더니 나더러 타란 말도 없이 혼자 냉큼 택시를 타고 가는 것이었다. 나는 기가 막혀서 멈춰 선 채로 택시를 바라보았다. 그러는데 택시가 다시 후진해 오더니 내 앞에 섰다. 선생님이 차 안에서 머리를 긁적이며 나와서는 나한테 손짓을 했다.

"내 정신 좀 봐. 유미야, 얼른 타. 하마터면 혼자 갈 뻔했잖아?"

그제야 나는 피식, 웃음을 터뜨렸다. 어이가 없었다.

"빨리 타라니까. 기사 아저씨, 화나셨어."

나는 그 말에 얼른 택시 앞으로 달려가 냉큼 탔다. 택시는 다시 출발했다.

"진짜로 절 잊어버리고 타신 거예요?"

나는 기가 막혀서 선생님을 보며 물었다. 선생님의 얼굴이 조금 붉어졌다.

"미안, 미안. 내가 원래 정신이 없잖니? 네 생각을 깜빡했어."

그런 선생님을 보자 비로소 웃음이 나왔다.

"뭐, 괜찮아요. 우리 엄마 친구는요, 쇼핑하고 가는 길에 택시를 탔는데요. 늦었다고 막 빨리 가 달라고 독촉하면서 달려가는데, 갑자기 기사 아저씨가 묻더래요. 아주머니, 아들이 몇이에요? 하고요. 그래서 보면 몰라요, 아들이 둘이지 몇이에요, 하는데 보니까 아들이 하나뿐이더래요. 기사 아저씨는 벌써 후진을 하고 있고……. 그래서 뒤를 돌아보니까 어떤 아주머니가 자기 아들 손을 잡고 택시를 향해 막 소리를 지르고 있더라는 거예요. 아들은 막 울고 있고……."

"하하하……."

선생님이 배를 잡고 웃음을 터뜨렸다.

"하하하…… 그런 아줌마들 꽤 많아요."

앞에 앉은 택시 기사 아저씨까지 웃음을 터뜨리며 말을 보탰다.

그러고 보니 얼마 만에 농담을 하고, 얼마 만에 웃는 건지 몰랐다. 가슴속으로 웃음이 빠져나간 만큼 서늘한 바람이 불었다.

택시가 내린 곳은 문화극장 앞이었다. 예술영화만을 전문 상영하는 소극장이었다. 나도 재준이를 따라 몇 번 와 본 적이 있는 곳이었다.

간판이 눈에 들어왔다. 채플린의 〈키드〉가 상영 중이었다. 나는 선생님 얼굴을 빤히 쳐다보았다.

"이 영화 한다는 얘길 들으니까 재준이 생각이 어찌나 나는지 말이야. 너랑 보면 재준이도 좋아할 것 같아서 데리고 온 거야. 어때? 선생님이랑 같이 봐 줄 거지?"

말은 그렇게 하면서도 선생님은 내 답변 따윈 기다리지도 않고 혼자 표를 사러 가 버렸다. 나는 도대체 선생님이 어떻게 재준이가 채플린을 좋아한 걸 알까 궁금했다. 그 영화는 예전에 재준이와 비디오로 한 번 본 영화인데도 커다란 화면으로 다시 보니 처음 보는 것처럼 슬프고, 재미있었다. 꼭 유현이처럼 생긴 꼬마애도 너무나 사랑스러웠다.

그 고백을 하던 날의 재준이가 떠올랐다.

"난 채플린이 제일 좋아. 커서 꼭 채플린 같은 위대한 희극 배우가 되고 싶어……"

우리 집에서 둘이 함께 채플린의 〈황금광 시대〉란 비디오를 보고 난 후였다. 재준이가 무언가에 그토록 집중한 모습을 본 건 그때가 처음이었다. 나도 물론 채플린을 좋아했고, 채플린 영화들을 재밌어했지만 재준이의 몰두는 나와는 질적으로 달랐다.

곰이 쫓아오는 것도 모르고 잘도 걸어가는 채플린이나 하도 배가 고파 구두 한 짝을 스파게티처럼 먹어 대는 채플린, 절벽 위에 놓인 집이 기우뚱할 때마다 이리저리 쏠리는 채플린이 나도 몹시 우스웠지만 재준이는 그 정도가 아니었다. 그런 장면에서 재준이는 방바닥을 치며 배를 잡고 뒹굴었다. 재준이가 너무 웃어 대니까 오히려 내가 머쓱할 지경이었다.

뭐가 그렇게 웃기냐고 면박을 주고 싶었지만 영화 보는 데 방해가 될까 봐 말을 안 하고 있었는데, 영화가 끝나자마자 재준이가 그렇게 자신의 꿈을 고백한 것이었다.

그 얘기는 재준이와 그토록 친하게 지낸 나한테도 전혀 뜻밖의 얘기였다. 내 성격에 당장, 너같이 수줍음 많은 애가 무슨 채플린이냐,

채플린은, 하고 싶었지만 그 말을 할 때의 재준이의 눈빛이 너무나 반짝거려 차마 그런 말을 뱉을 수가 없었다.

그러자 재준이는 마치 내 속마음을 읽은 것처럼 빙긋이 미소를 짓더니 벌떡 일어나 조금 전 비디오에 나왔던 채플린의 그 독특한 팔자걸음을 흉내 내는 것이었다. 그런데 그 모습이 어찌나 비슷한지 나는 내 눈을 의심할 지경이었다.

그러더니 재준이는 한술 더 떠 주머니에서 콧수염을 꺼내 붙이기까지 했다.

"그건 또 어디서 났어?" 내가 놀라서 물어 보니 "내가 채플린을 얼마나 좋아하는데 이 정도는 기본이지" 하는 것이었다. 그러더니 재준이는 열띤 목소리로 덧붙였다.

"채플린은 자기가 키가 작은 걸 아주 다행으로 알았어. 자기처럼 조그맣고 보잘것없는 사람이 거인들을 물리치니까 관객들이 시원해하는 거라고."

"그럼 네 키가 작아서 그러는 거야? 아직도 크려면 멀었는걸."

"꼭 그래서는 아니야. 그냥 나랑 비슷한 점이 있어서 반가웠어. 엄마가 아픈 것도 비슷하거든. 채플린의 엄마는 극단의 가수였는데, 목소리를 잃고, 나중에 정신병에 걸렸어."

"그럼 엄마 아픈 것 때문에?"

"아니야. 다 아냐. 그냥 채플린이 좋단 말야! 이 바보야, 좋은데 무슨 이유가 그렇게 많냐?"

그러면서 나에게 꿀밤을 먹이던 재준이. 그래, 좋은데 무슨 이유가 필요하냐. 나는 바보였다. 언제나 내게 오빠처럼 굴려고 애를 썼던 재준이, 키도 작고 덩치도 작은 주제에…….

재준이가 살아 있었다면 분명히 이 영화를 보러 왔으리라. 아니, 어쩌면 지금도 어느 빈 의자에 앉아 있는지도 모르지. 채플린이 팔자걸음으로 걷는 걸 볼 때마다 떼구르르 구를 정도로 웃어 대면서…….

영화가 끝나고 극장 안의 불이 켜졌을 때, 나는 선생님의 눈이 눈물에 젖어 있는 것을 보았다. 선생님도 채플린 영화를 보면서 재준이 생각만 내내 한 것이다. 갑자기 선생님이 몹시 가깝게 여겨졌다.

나와 선생님은 말없이 영화관을 나섰다. 벌써 바깥은 어두워져 있었다. 가을 해는 길지 않았다.

"참, 배고프지? 유미야, 뭐 먹고 싶니?"

선생님이 그제야 나를 보며 물었다.

"숙녀와 첫 데이트 할 때면 쓰는 게 기본 아니에요?"

나는 요즘의 우울한 모습과는 전혀 다르게 어리광을 떨었다.

선생님은 그러는 나를 놀랍다는 듯 바라보더니 말했다.

"그렇군. 선생님은 영어 공부만 하느라고 데이트 매너도 못 배웠네. 앞으로 너한테 배워야겠다."

옆 건물에 있는 레스토랑 이름도 마침 '채플린'이어서 우리는 망설임 없이 그곳으로 들어갔다.

나는 그래도 선생님 주머니 사정을 생각해서 돈까스를 시켰다.

"더 비싼 거 먹어도 되는데……."

선생님이 말했다.

"피, 비싼 거 시킬까 봐 걱정하셨으면서……. 선생님 얼굴에 다 써 있어요."

내 말에 선생님은 웃음을 터뜨렸다.

"하하하, 들켰구나. 유미는 못 속이겠어."

"근데 선생님, 재준이가 채플린 좋아하는 건 어떻게 아셨어요?"

나는 그제야 벼르던 질문을 했다.

"응, 그거…… 그때 환경미화 때 해 놓은 걸 보고 내가 채플린 좋아하냐고 물었지. 왜냐면 나도 채플린 팬이니까. 그랬더니 재준이 그 녀석이 나한테 채플린 사진 프린트한 걸 잔뜩 갖다주더라. 얌전하게

만 보이는 녀석이었는데, 이런 열정이 있었나, 놀랬단다."

"아, 그때요……. 재준이는 커서 채플린 같은 희극 배우가 되고 싶어 했어요."

"그 수줍음 잘 타는 녀석이?"

나는 가만히 고개를 끄떡였다. 그러자 꼭 재준이가 옆에 앉아 있다가 나를 꼬집는 기분이 들었다. 부끄럽게 그런 얘기는 왜 해, 하면서.

"유미야, 재준이 많이 보고 싶지? 내가 이렇게 힘이 드는데, 너는 오죽하겠니?"

선생님의 다정한 말에 나는 그만 또 울음이 북받쳐 올라오는 것을 간신히 억누른 채 일부러 매정한 말투로 말했다.

"보고 싶긴 뭐가 보고 싶어요? 아주 미워 죽겠는걸요."

"그래, 좀 미워해 보는 것도 좋을 거야. 그 자식, 진짜 밉다. 어떻게 그렇게 가 버릴 수가 있니? 참 나쁜 자식이야."

선생님은 내 말에 맞장구를 쳤다. 하지만 나는 막상 선생님이 그러자 왠지 화가 나고 서운했다. 재준이에 대해서 나는 욕을 할 수 있어도 다른 사람이 욕을 하거나 흉을 보면 이상하게 몹시 화가 나곤 했다.

"재준이가 뭐, 죽고 싶어서 죽었나요? 재준이도 죽기 싫었을 텐데……."

그렇게 앞에 한 얘기를 뒤집어서 말하는데, 또다시 목구멍으로 무엇인가가 치밀어 올라왔다. 어쩔 수 없이 눈물이 뚝뚝 떨어진다. 아, 싫어, 정말 이러기 싫은데…….

"유미야, 그냥 울고 싶으면 울어. 나도 재준이 그 녀석, 참 좋아했거든. 수줍고 착한 녀석이었잖아? 그런 녀석이 채플린처럼 되고 싶어 했다니 정말 뜻밖이구나. 한번은 이 녀석이 아침 일찍 내 책상에 꽃을 꽂아 준 적이 있었어. 아마 몰래 꽂아 놓으려 했던 모양인데, 내가 그날 마침 할 일이 있어서 아침 일찍 교무실에 들어서다가 그걸 보게 된 거지. 그랬더니 이 녀석이 어찌나 부끄러워하던지……. 그런 수줍은 녀석이 혼자 짝사랑하느라고 얼마나 애가 탔을지……."

선생님은 예의 그 멍한 시선을 던지며 혼잣말하듯 말했다.

"소희 좋아한 것도 아세요?"

나는 깜짝 놀라 물었다. 재준이는 나하고만 친한 줄 알았는데, 언제 선생님과 그렇게 친했던 걸까, 마음속으로는 약간의 배신감마저 느껴졌다.

"그래……."

선생님은 가만히 고개만 끄떡였다.

"어떻게 아세요?"

나는 일부러 짓궂게 물었다. 왠지 심술이 났다.

선생님은 가만히 고개를 들고 나를 바라보더니 입을 열었다.

"왜, 재준이 어머니가 갑자기 편찮으셔서 입원하셨던 거 생각나니? 그래서 재준이가 급히 조퇴해서 갔잖아?"

"네."

나는 대답을 하면서도 속으로 뜨끔했다. 아주머니가 입원했던 건 사실이었지만 늘 있던 일이었고, 재준이는 그날 사실 수학 시간에 들어가기 싫어 그 핑계를 대고 도망쳤던 것이다.

"그때 내가 병원으로 찾아갔다가 그 녀석이랑 저녁을 같이 먹으면서 얘기할 기회가 있었거든. 무슨 얘긴가 하다가 불쑥 묻더라. 짝사랑 같은 거 해 본 적이 있냐고……."

"재준이가요?"

나는 정말 뜻밖이었다. 내 앞에서 말고는 속 얘기를 좀체 하지 않는 수줍음 많은 재준이가 선생님한테 그런 질문을 했다는 게 믿어지지 않았다.

선생님은 고개를 끄떡이며 말을 이었다.

"나도 놀랐지. 그래서 나도 남들한테 잘 안 하는 얘기를 해 주었단다."

"선생님 짝사랑 얘기요?"

"그래. 엄밀히 말하면 좀 틀리긴 해. 나는 그 여자랑 오래 사귀었으니까. 아주 깊이 사랑했지. 다시는 어떤 여자도 좋아할 수 없을 만큼."

"선생님이 그러셨다구요?"

"그래, 나는 그 여자를 진심으로 사랑했다. 너희보다 조금 더 컸을 때부터, 고등학교 때부터 말이야. 그 여자도 나를 사랑했고, 우리는 정말 행복했단다. 그렇게 8년을 만났고, 당연히 나는 그 여자와 결혼해서 평생 같이 살 줄 알았지. 다른 생각은 해 본 적이 없었어."

"그랬는데요?"

"그랬는데……."

선생님은 말을 멈추고 옛 생각에 사무치는지 고개를 숙이고 테이블만 내려다보았다. 한참 만에야 선생님은 겨우 다시 입을 열었다.

"그랬는데 그 여자가 나를 떠났어. 다른 남자와 결혼했지. 그냥 내가 싫어졌다는 말만 남기고……."

"나쁜 년……."

나는 얼른 입을 막았다. 평소에 말하던 버릇이 나도 모르게 나온 것이었다. 선생님은 눈이 둥그레져서 나를 바라보더니 피식, 웃고 말았다.

"맞아, 네 말이……. 나쁜 년이야. 하지만 내가 싫어져서 떠난 게 사실이라면 나쁜 년이라고 할 수도 없지. 사람의 감정이란 건 나쁘다, 좋다고 말할 수 있는 게 아니니까. 그 여자는 솔직했던 거지……."

"돈 많은 남자하고 결혼한 거예요?"

나는 상투적인 상상력을 발휘해 물었다.

선생님은 힘없이 고개를 흔들었다.

"아니…… 그냥 평범한 남자였어. 더 이상은 몰라. 그 여자 친구들도 만나 봤지만 그 남자에 대해 아는 친구들이 없었어. 왜 그 여자가 갑자기 나를 싫어하게 되고, 그 남자를 선택했는지 나는 지금까지도 몰라. 차라리 명쾌하게 알았더라면 내 감정을 정리하기 쉬웠을지도 모르지."

"그럼 선생님은 아직도 그 여자를 못 잊고 계신 거예요?"

내 질문에 선생님은 부끄러운 듯 작은 소리로 대답했다.

"그래. 아무리 잊으려고 해도 안 돼. 다른 여자를 좋아해 보려고 애도 많이 썼는데 그럴수록 그 여자 생각만 나."

"선생님!"

나는 기가 막혀 테이블을 탁탁 치며 선생님을 불렀다. 어이가 없었다. 선생님은 옛날 얘기를 하는 게 아니라 지금 현재 진행형의 얘기를 하고 있는 거였다.

"그러니까 나도 일종의 짝사랑을 하고 있는 게 아니겠니? 갈수록 더 생각이 나니 나도 미치겠어. 그 여자와 헤어진 지도 벌써 7년이야. 내 나이도 이제 서른이 넘었고……. 그런데 이 모양이니 한심하지."

"어이구, 재준이가 선생님 얘기 듣고 뿅 갔겠네요. 나야 선생님이 한심하기 짝이 없지만……."

비로소 선생님이 웃음을 되찾았다.

"하하, 우리 유미는 아주 시원스럽구나. 그래, 내 얘기를 하니까 재준이도 자기 얘기를 하더라. 난 재준이가 유미랑 사귀는 줄 알았더니, 너희 둘은 정말 보기 드문 친구이더구나. 서로 좋아하는 사람은 따로 있다며?"

"설마 걔가 내 얘기까지 한 건 아니겠죠?"

"그럼, 재준이가 그건 유미의 프라이버시라며 누군지는 말 안 해 줬어. 자기는 정소희를 짝사랑하고 있다고 얘기해 줬지만……."

"전 벌써 끝났어요. 재준이도 정리된 줄 알았는데…… 나한텐 창피해서 그런 척했나 봐요. 사실은 안 그랬군요."

"그래, 재준이도 나처럼 못난 남자더라. 소희 때문에 많이 괴로워했어. 다 그런 건 아니겠지만 한번 마음먹은 사람한테서 벗어나지 못하는 건 남자들이 훨씬 심한 것 같더라. 내가 볼 때는…… 여자들은 잔인한 데가 있어. 냉정하다고 할까……. 좋아하기도 잘하지만 잊기도 잘해. 그런데 남자들은 잘 못 그러거든. 그런 점에서 재준이랑 나는 서로 깊이 이해할 수 있었지."

"흥, 같은 남자였다 이거죠? 하긴 뭐, 바람둥이 남자들도 많잖아요? 선생님이나 재준이는 순정파니까……."

"그런가……?"

"선생님, 그럼 그 여자 생각하느라고 언제나 그렇게 넋 나간 사람처럼 그러시는 거예요?"

"내가 그래?"

선생님은 정말 놀란 표정으로 물었다. 참, 자기 자신은 저렇게 모르나 보다…….

"그럼요. 아주 넋을 반쯤은 빼놓고 다니는 분 같은걸요. 아까만 해도 그렇잖아요? 나랑 같이 가고 있다는 것도 새까맣게 잊어버리고 혼자서 쓱쓱 걸어가더니 택시도 혼자 잡아 타시고…….”

“아아, 미안, 미안! 그래, 그랬지. 원래도 내가 좀 그런 면이 있기는 했어. 하지만 그 여자랑 헤어지고 나서 훨씬 심해진 것 같긴 해. 뭘 해도 내가 하는 것 같지가 않아. 사는 일이 다 무의미하게 여겨지고, 심드렁하지. 그래도 니네들 앞에서는 안 그러는 줄 알았는데…… 너희들한테 미안하구나. 나 같은 사람은 선생이 되어서는 안 되는 건데…….”

“무슨 말씀이세요? 우린 선생님 같은 분만 계시면 다들 잘만 커 갈 거예요. 우리가 제일 싫어하는 건 에너지가 남아돌아 우리를 쓸데없이 간섭하는 선생님들인걸요. 그런 선생님들이 다 실연을 해서 선생님처럼 넋을 잃고 다니시면 우리 살기가 훨씬 편해질 텐데……. 애들이 선생님 다 좋아하잖아요? 선생님은 간섭은 안 해도 우릴 대등하게 대해 주시고 마음으로 아껴 주신다는 거, 다 알고 있어요. 그 꼴 보기 싫은 선생들은 아마 평생 사랑도 한번 안 해 본 사람들일 거예요, 할 줄 모르던가.”

내가 한참 떠들자 선생님은 물끄러미 나를 바라보더니 말했다.

“이제야 우리 유미가 유미 같아 보인다. 그동안 네가 너무 너 같지 않아 보였어. 많이 힘들어서 그럴 거라 생각하고 그냥·보고만 있었지만……."

그러자 갑자기 재준이의 모습이 내 눈앞에 떠올랐다. 피를 줄줄 흘리며 쓰러진 채 신음하고 있는 재준이의 모습이……. 그 순간 책상 앞에 앉아 노래 가사랍시고 지어서 재준이에게 문자로 보내던 내 어이없는 모습이…….

"나는…… 나는…… 재준이가 가장 괴로워할 때 아무것도 도와줄 수 없었어요……. 재준이가…… 그렇게 고통을 겪고 있을 때 나는……."

다시 울음이 터져 나왔다. 조금 전까지도 명랑하게 웃다가 이게 무슨 꼴이야, 싫어, 싫어, 울기 싫어. 마음은 그랬지만 눈물은 쉬지 않고 흘러내렸다. 뭐야, 이런 꼴이, 조울증 환자같이……. 그래도 눈물은 멈추지 않고 뚝뚝 떨어졌다.

"내가 힘들 때면 재준이는 언제나 나를 위로해 줬어요. 자기 일보다 더 걱정하면서……. 그런데 나는 걔가 힘들 때…… 아무것도…… 아무것도…… 해 주지 못했어요. 걔가 그 고통을 겪고 있을 때, 나는 혼자 신나서…… 그 생각을 하면……."

선생님이 가만히 내 손을 잡아 주었다. 나는 울음을 그쳐야겠다고 생각했다. 하지만 잘되지 않았다. 아, 뭘 생각하면 웃음이 나올까, 뭘 생각하면 울음을 그칠 수 있을까……. 재준이가 채플린 흉내를 내는 모습을 떠올렸다. 그러자 더 울음이 북받쳤다.

"나 역시 그랬다. 내가 옛날 여자를 못 잊는 나약한 모습을 보인 게 걔한테 혹시 나쁜 영향을 준 건 아닌지…… 그런 생각이 들면 나도 못 견디겠더구나……."

선생님도 어느새 코끝이 빨개져 있었다. 울음을 참느라고 혼신의 힘을 기울이고 있을 게 뻔했다. 우리 두 사람이 이러고 있는 모습을 생각하니, 아닌 게 아니라 조금 우스웠다. 재준이가 지금 옆에 있다면 나를 툭툭 치면서, 왜 그래, 웃기게, 꼭 그럴 것만 같았다.

"하하하……."

나는 갑자기 웃음을 터뜨렸다. 선생님은 또 놀라서 나를 빤히 바라보았다. 정신분열증이라도 일으킨 줄 아시겠지, 이 순진한 양반께서는…….

"왜, 왜 그러니, 유미야?"

나는 슬며시 선생님 손에서 내 손을 빼내 눈물을 닦아 냈다. 웃으면서…….

"웃겨서요. 이러고 있는 거 재준이가 봤으면 정말 웃겼을 거예요.

웃기잖아요? 선생님이랑 나랑 손 붙들고 질질 짜고 있는 거…….”

선생님은 여전히 놀란 얼굴로 나를 빤히 바라보고만 있었다. 아무리 좋은 선생님이라도 이럴 때 우리는 어쩔 수 없이 세대 차이를 느낀다. 얘가 왜 이러는 거지, 당황한 선생님의 얼굴엔 해독 못 한 영어 문장을 만났을 때의 표정이 고스란히 떠올라 있었다.

오늘 밤에는 무슨 일이 있어도 재준이 일기장을 읽어야지, 나는 그 순간 그런 결심을 했다.

06
/
아직 너는
내 곁에 있어

밤이 깊었다. 집에 와서 나는 정성껏 몸을 씻었다. 무언가 목욕재
계하고 신성한 일을 행하는 기분이었다.

몸을 씻는데 문득, 내가 다시 살아났다는 기분이 들었다. 나는 재
준이가 힘들 때 아무것도 해 주지 못했지만, 재준이도 그것을 원망
하지는 않을 거라는 생각이 들었다. 나는 몰랐으니까, 정말 몰랐으
니까. 재준이는 내 문자를 받았을까.

가사완성축하해줘밤이깊어도죽음은오지않네첫줄이야죽이지않
나깨는대로답보내잘자……

죽은 다음에 내 문자를 보았을까. 그리고 가사 완성을 축하해 주

고, 죽이는 가사야, 하면서 내 어깨를 툭툭 쳐 주진 않았을까. 밤이 깊어도 죽음은 오지 않네, 그 순간 죽음이 올 줄이야 꿈에도 생각 못 하고 쓴 것을, 우리한테는 죽음이란 게 너무도 아득한 일이었기에 재준이나 나나 그렇게도 죽음이란 말을 좋아했던 것일까.

아, 그리고 보니 나는 그 애한테 인사를 했구나, 마지막 말이 '잘 자'였으니까. 나는 너한테 잘 자라고 말했어. 하지만 너는 아직 잠들지 않은 것 같아. 아직은 우리 옆을 떠돌고 있는 것 같아. 나는 네가 느껴지거든. 어디서나 네가 느껴져, 얌전하고 수줍었지만 그 속에 장난기가 가득했던 너. 재준아, 정말 보고 싶다……

식구들은 모두들 잠이 들었다. 이제 겨우 12시가 조금 넘었는데 우리 집 식구가 이런 경우는 아주 드물었다. 우리 식구는 모두 야행성이라 보통 때 같으면 이 시각이 초저녁인 셈이었다. 네 살짜리 유현이까지 말똥말똥 눈을 뜬 채 있을 시각이었다. 오늘은 새아빠도 노래를 부르러 나가지 않았다. 김철진인가 누군가 하는 가수가 오늘은 펑크를 내지 않았나 보다. 아마도 유현이를 재우다 모두 함께 잠이 든 모양이었다.

집 안이 조용했다. 잠옷으로 갈아입고 창밖을 내다보니 어느새 부슬부슬 비가 내리고 있었다. 노랗게 빛나는 가로등이 보였다. 그 봄

날 벚꽃잎이 후드득, 떨어지던 빛의 공간 속엔 지금 빗방울만이 떠돌고 있다.

재준이가 놀다 갈 때면 나는 언제나 내 방 불을 끈 채 창밖을 내다보곤 했다. 왜 그랬을까. 내 모습을 숨긴 채 재준이를 보고 싶었다. 재준이는 언제나 그 가로등 밑 빛의 공간 속에서 내 방을 올려다보곤 했다. 재준이 역시 내가 여기 있는 줄 모른 채 그랬으리라. 가로등 밑에 서 있는 재준이를 그렇게 내려다보고 있으면 어쩐지 마음이 쓸쓸해지고 슬퍼지곤 했다. 하지만 나는 그런 은밀한 쓸쓸함을 즐기기도 했다. 그럴 때는 꼭 우리가 연인인 것 같은 기분이 들기도 했으니까.

그래선가, 어쩌다 창밖을 내다보다 그 가로등 밑 공간에 눈길이 가면 나는 언제나 재준이가 거기 서서 나를 올려다보는 느낌에 사로잡히곤 했다.

그런 거 아니니, 정말? 재준아, 너, 거기 서서 지금도 내 방을 보고 있는 건 아니니?

한 존재가 살아 있다 사라진다는 건 과연 뭘까, 어떤 것일까? 숨쉬고, 얘기하고, 사랑하고, 울고, 떠들고, 웃고, 화내고, 걷고, 밥 먹고, 싸우고, 코 흘리고, 짜증도 내고, 눈물도 흘리고, 똥도 누고, 방귀도

꾸고, 영화도 보고, 토하기도 하고, 가슴 설레기도 하다가 어느 날 사라진다…….

죽음의 의미, 재준이가 일기장에 써 놓은 죽음의 의미는 과연 무엇일까……. 과연 죽음에 의미 같은 게 있긴 있는 걸까……. 나는 모르겠다. 그냥 화만 나고, 속만 답답하고, 내가 신이라면 절대로 순서에 어긋나는 죽음을 만들지 않았을 텐데……. 누구에게나 똑같은 수명을 주고, 정해진 나이에 따라 차례로 죽게 만들었을 텐데……. 지금의 신은 불공평한 신이다. 정의가 뭔지, 공평함이 뭔지 모르는 신이다…….

나는 재준이의 일기를 들고 책상 앞에 앉았다. 방 불을 끄고, 스탠드 불만 켰다.

그래, 이까짓 일기장 한 권, 뭐가 무서워서 그렇게 안 읽고 두었단 말이냐. 까짓 거 읽어 버리자. 뭐, 별난 게 있겠는가. 이 속에 있는 건 자기가 죽으리라고는 꿈에도 생각지 못한 채, 죽은 영혼의 놀이를 벌인 열여섯 살 난 소년의 지극히 평범한 일상이 담겨 있을 뿐이다. 그것도 내가 거의 알고 있는.

별것 없다. 나는 그저 얘와의 추억을 되씹고 싶을 뿐이다. 단지 이 글을 쓴 주인이 이제는 사라지고 없다는 사실만이 이 일기장의 특별한 점일 뿐.

나는 거침없이 읽다 둔 다음 장을 펼쳤다.

3월 30일 (일)

우와, 정말 오랜만에 일기를 쓴다. 그동안 정신이 없었다.

3학년이 되자 선생님들이 숙제도 많이 내 주고, 학원도 몇 개를 더
다녀야 했다.

유미는 정말 좋겠다. 걔는 학원 다니기 싫다는 한 마디로 안 다니
면 되니까.

하긴 유미는 자기가 좀 싫다고 해도 어릴 때 강제로 학원에 집어
넣고 공부를 시켰으면 자기가 지금 이 모양 이 꼴은 안 됐을 거라고
투덜거리지만, 나처럼 유아기부터 온갖 것을 다 배워 봤자 자기가
하기 싫은 일은 잘되는 법이 없는 것이다.

거기다 유미네는 아무리 이상한 학원도 다니고 싶다고 말하면 다
다니게 해 준다. 드럼 학원이라든가, 수채화 학원 같은. 우리 집 같
으면 어림도 없는 얘기다. 우리 집은 오직 공부와 관련된 학원만 다
녀야 하는데…….

걔네 집은 정말 특별하다. 유미는 성적이 떨어져도 조금도 신경

쓰지 않는다. 고등학교야 가겠지, 뭐, 하면서 늘 태평이다. 그거야 사실 공부에 신경을 쓰지 않는 그런 부모가 있으니까 그럴 수 있는 거지만.

지난번 놀러갔을 때 걔네 엄마가 그랬다. 현재의 학교 교육은 고양이고, 금붕어고, 뱀이고, 코끼리고 모두 모아다가 각자 잘하는 걸 더 잘하게 하는 게 아니라 그 모든 동물들을 똑같이 만들게 하는 교육이라고. 고양이더러 물 속에서 헤엄도 치고, 똬리도 틀고, 코로 물도 뿜으라고 요구하는 교육이라고 말이다.

정말 옳은 말씀! 나는 연신 고개를 끄떡였지만 유미는 하품이나 하면서, 자기 엄마를 쿡쿡 찔러 댔다. 그만해, 그만! 하면서.

고양이는 쥐를 잘 잡는 게 최고다. 그렇다면 나도 해 보고 싶은 게 있다. 그건 채플린처럼 위대한 희극 배우가 되는 것이다. 이 말은 오직 유미한테만 한 말이다. 내가 이런 꿈을 꾸고 있으리라곤 아무도 짐작조차 못 할 것이다. 남을 웃기기는커녕 남들 앞에서 말도 잘 못하는 나니까 말이다. 유미도 몹시 놀라워했지만 그래도 유미는 내 실력을 보더니 격려를 해 주었다. 하지만 이 일을 엄마가 알았다간 천식이 더 도질지도 모른다.

킥킥, 그날이 생각났다. 엄마가 흥분해서 교육 현실에 대해 떠드는 바람에 말리느라고 혼이 났다. 내게는 아주 지겨운 모습이었는데, 재준이는 엄마 말에 새로운 사실을 깨달은 사람처럼 연신 고개를 끄떡였다. 그랬으니 엄마가 오죽 신이 났으랴. 그날의 흥분한 엄마의 모습은 한마디로 가관이었다.

재준이가 가고 나자 정신이 번쩍 들었는지 엄마는 나를 보고 물었다. 내가 좀 흥분했지? 주책없어 보였으면 어쩌지……? 나는 그런 엄마를 보고 톡 쏘아 주었다. 으이그, 엄마가 주책없는 거 이미 다 알아, 모르는 사람 하나도 없다구…….

4월 8일 (화)

오늘은 학원이 휴강이었다. 나이스, 기분이 째졌다!

안 그래도 오랫동안 피시방에 못 가서 손이 근질거려 죽을 지경이었던 터라 나는 당장 피시방으로 달려갔다. 아덴왕국과 엘프가 눈앞에 어른거렸고, 내게(엄밀히 말하면 플레이어에게) 충성을 바치는 귀여운 해츨링도 보고 싶었다.

자그마치 세 시간이나 신나게 리니지를 했다. 영어와 수학이 다 휴강이었으니까. 얼마 만이냐, 얼마 만이냐, 진짜 신났다.

게임도 할 수 있고, 휴강 같은 사건도 일어나고, 살아 있다는 건 역시 좋은 일!

4월 12일 (토)

중간고사가 끝나면 애들이랑 콜라텍에 가기로 했다. 나는 물론 춤을 잘 못 추지만 김진이 오면 정소희도 데리고 올 테니까 멀리서 그 애를 지켜 볼 수는 있으리라. 가슴이 쓰리겠지만.

유미는 정말로 위정하에 대해 마음 정리를 끝낸 것 같다.

"그따위 자식한테 눈이 멀었다니 나도 미친년이지." 그런다.

그 말에 나도 이제는 정소희한테 아무렇지도 않다는 듯이 굴었지만 나는 갈수록 소희 생각이 더 난다. 아침에 눈을 뜨는 그 순간부터 밤에 잠자리에 들어서까지 그 애가 내 속에 착 달라붙어 있다. 미치겠다. 왜 이러는 걸까.

요새는 반이 달라서 얼굴 보는 일도 많지 않은데…… 어쩌다 복도에서 개랑 마주치는 일이라도 있으면 그 일을 하루 종일 몇 번이고 생각한다. 으이그, 나야말로 정말 미친놈이지. 소희와 사귀고, 온 정성을 다해 그 애를 위하고, 어른이 되면 그 애와 결혼해 알콩달콩 사는 일(물론 밤에 잠도 같이 자고, 으히히!)을 날마다 상상해 본다. 그러면 꿈속에서도 그 애가 나온다. 소희 꿈을 꾸는 날은 행복한 날!

하지만 아무리 생각해도 나는 미친놈이다.

뭐? 밤에 잠도 같이 자? 하여튼 남자라는 놈들은 하나같이 얼굴 반반한 것만 밝힌다. 재준이처럼 좀 괜찮은 애까지 이러니, 골 빈 놈들은 말할 것도 없다. 이미 선생님한테 얘기를 들어서 다 알고 있었는데도 재준이가 이렇게 소희를 좋아했다는 사실은 상당히 배반감이 들었다. 내 앞에서는 이미 그런 감정이 다 사라진 것처럼 말해 놓고 혼자 이렇게 간직하고 있었다니! 그래도 자기가 미친놈이란 거라도 알고 있었다니 기특할 뿐이다.

4월 15일 (화) 비

지난번에 선생님이 채플린 좋아하신단 말을 듣고 오늘 내가 모아 둔 채플린 사진을 갖다드렸다. 선생님은 아주 기뻐하셨다. 참 좋은 선생님, 어딘가 기운이 없어 보이지만, 내가 지금껏 만났던 선생님들 중에서 최고의 선생님이다. 오늘 나는 오랜만에, 내가 죽어서 다시는 이 선생님을 못 본다고 생각해 보았다. 그랬더니 거짓말처럼 눈물이 나왔다. 어느새 내가 선생님을 많이 좋아하게 된 모양이다.

작년 담탱이랑은 하늘과 땅 차이다. 그래도 죽기 전에 이렇게 좋은 선생님도 만나 봐서 정말 기쁘다. 안 그랬으면 나는 선생이라면 모두 이를 갈았을 테니까.

이 대목을 읽으니 기분이 좀 야릇했다. 바로 선생님한테 얘기 듣고 온 부분이라 재준이가 또 그 얘기를 해 주는 것만 같았다. 그래도 '죽기 전에 이렇게 좋은 선생님도 만나 봐서 정말 기쁘다'니…… 얘는 정말…….

4월 25일 (금)

시험은 완전히 망쳤다. 그렇게 학원도 많이 다녔고, 나름대로 유미랑 공부도 열심히 했건만 아무래도 나는 머리가 나쁜 모양이다. 성적이 나오면 엄마가 얼마나 속상해할까 생각하니 종일 우울하다. 엄마가 조금만 명랑하고 건강하다면 속 좀 상하게 해도 아무렇지도 않을 텐데, 나는 우리 엄마가 너무나 가엾어서 그럴 수가 없다. 너무 우울해서 콜라텍 가는데도 가지 않았다. 소희가 오겠지만…….

그래도 한 가지 위안은 유미도 시험을 망쳤다는 것!

만약 개 혼자 시험을 잘 쳤다면 나는 창피해서 죽어 버리고 싶었을 것이다. 유미는 정말 좋은 친구다. 무릇 좋은 친구란 형편이 같아야만 한다. 공부도 서로 비슷하게 해야만 우정이 유지되는 것이다.

그래, 여전히 내 성적은 너랑 형편이 같아. 우리의 우정이 식을 일은 결코 없을 거야.

5월 1일 (목)

수련회에 다녀왔다. 2박 3일, 유스호스텔의 일정은 그야말로 따분한 지옥이었다. 선생님들은 따로 재미있게 노느라고 우리가 어떻게 보내는지 알지도 못했다. 식사는 나같이 식성 좋은 아이도 절대로 입에 넣을 수 없을 만큼 끔찍했고, 겨우 5월인데도 방에는 모기가 설쳐대서 잠을 잘 수가 없었다. 나는 죽었다고 생각하고 이 모든 현실을 바라보았지만, 죽기를 잘했다는 생각밖에 들지 않았으니, 에구구.

그 수련회는 정말 끔찍했다. 여자애들끼리 모여서 자야 됐기 때문에 나는 더욱 끔찍했다. 3학년이 되어, 전학 온 아이라는 내 처지는 변했지만 그래도 나는 친구라고는 재준이뿐이었다. 그런데 친하지도 않은 여자애들이랑 모여서 놀다가 자야 됐으니, 그 애들이 나를 불편해서 할 말을 잘 못 하는 자체가 나를 피곤케 했다.

나는 졸리다며 먼저 자리를 펴고 누워 잠든 척했다. 조금 지나니 아이들은 내가 정말로 잠들었다고 믿고 그제야 소곤소곤 자기들끼리 비밀 얘기를 나누었다. 하지만 나는 그럴수록 말똥말똥 잠이 오지 않아 죽을 맛이었다. 화장실에 가고 싶어도 깨어 있다는 티를 안 내야 했기에 꾹 참고 있어야 됐다. 거기다 그 지겨운 모기!

하지만 죽기를 잘했다니, 재준이의 말은 이 시점에서 기가 막히다. 우리가 농담처럼 뱉어 놓는 말들이 사실은 얼마나 끔찍한 말들인가!

5월 5일 (월)

어린이날, 보통 때는 늘 어린애 취급을 하면서 이런 날은 '어린이'가 아니라고 한다. 당연히 선물도 없다. 인준이도 중학생이 되었다고 올해부터는 선물이 없다. 작년에는 인준이 혼자만 선물 받아서 배가 아팠는데, 그래도 올해는 둘 다 못 받으니 조금은 기분이 낫다.

5월 8일 (목) 맑음

어버이날이다. 아침에 엄마 아빠한테 카네이션을 달아 드리면서 죽은 영혼의 놀이를 해 보았다. 내가 죽어서 이 광경을 보고 있다면?

물론 나는 없을 것이다. 인준이 혼자 꽃을 달아 드리겠지. 엄마 아빠와 인준이는 모두 눈물을 삼킬 것이다. 내가 꽃을 달아 주던 기억을 떠올리면서……. 나는 이미 보이지도 않는 영혼일 테니, 내가 아무리 꽃을 달려 해도 식구들은 전혀 모를 것이다.

그러자 갑자기 연례 행사로 해 온 시시한 그 일이 몹시 소중하게 여겨졌다. 나는 정성껏 꽃을 달아 드리고, 학교 끝나고 집에 온 뒤에도 엄마 일을 도와드렸다. 내가 지금 죽었다면 아무리 하고 싶어도 못 할 일이라 생각하니 음식물 쓰레기 버리는 것 같은 냄새 나고 싫은 일도 조금도 싫지 않았다. 설거지도 내가 하겠다고 우겨서 하고, 청소도 하고, 빨래도 했다. 그나마 오늘은 집에 가서 부모님 심부름이라도 해 드리라고 학교가 일찍 끝난 탓이었다. 학원은 어버이날이라고 봐 주는 게 없어서 가야 됐지만.

엄마는 몹시 기뻐하였다. 됐다, 가서 공부해야지, 하면서도, 우리 재준이가 다 컸구나, 고맙다, 하면서 즐거워하였다. 인준이는, 형, 그런다고 용돈 안 나와, 왜 갑자기 안 하던 짓하고 그래, 하면서 실실 놀려 대기만 했다.

나는 다시 일기장에서 눈길을 거두고 어두운 창밖을 내다보았다. 그렇다. 내년 어버이날이 오면, 재준이가 상상했던 이 광경이 그대로 벌어질 것이다. 인준이 혼자 꽃을 달아 드리고. 모두들 눈물을 삼키고…….

하지만 나는 생각을 그쯤에서 막았다. 또 울다가는 오늘도 이 일기장을 못 읽게 된다.

5월 15일 (목) 맑음

일주일이 또 갔다. 오늘은 스승의 날, 오늘을 얼마나 기다렸는지 모른다. 나는 박호민 선생님, 우리 담임 선생님이 너무 좋다. 태어나서 처음으로 나는 영어가 좋아지려 하고 있다. 선생님은 나를 기억하신다. 선생님도 채플린을 좋아하신다. 나는 인터넷에 주문해서 채플린 사진으로 표지를 만든 공책을 선생님께 선물했다. 그 공책에 나는 프랭크 해리스란 사람이 채플린에게 썼던 편지 구절을 적어 넣었다.

'웃기는 사람은 울리는 사람보다 존경할 만하오.'

5월 20일 (화)

엄마의 천식이 또 도졌다. 인준이가 친구들과 패싸움을 하다가 걸려서 정학을 맞았기 때문이다. 얘기를 들어 보니 인준이는 옆에 있다가 얼결에 같이 걸려서 억울하게 된 일이었지만, 신경줄이 여린 엄마는 아들이 패싸움으로 정학을 당했다는 사실만으로도 충격을 받은 것이다.

엄마가 안쓰럽기도 하지만 한편으론 짜증이 난다. 무섭고, 화만 내는 엄한 엄마보다 어쩌면 우리 엄마처럼 약하고, 잘 다치는 엄마가 더 무서운 엄마일지도 모른다. 엄마는 소리 지르고, 매를 드는 법이 없지만 우리를 꼼짝 못 하게 한다. 엄마는 나한테 감옥이나 마찬가지다.

이런, 어쩌나…… 이 부분을 읽으면 아주머니 가슴이 찢어질 텐데……. 재준이는 엄마를 가엾게 여기고, 늘 걱정만 하는 줄 알았다. 그런데 동시에 이런 생각을 하고 있었다니…….

그래, 우리 엄마 역시 내게는 감옥이다. 모든 걸 자유롭게 풀어 주는 것 같지만 그러기에 나는 모든 것을 내가 결정해야만 한다. 그것은 곧 모든 일을 내가 책임져야 한다는 말이다. 나는 반항할 필요가 없는 대신 책임을 져야 한다. 그건 또 하나의 감옥이다. 결국 모든 부모는 자식들에게 다 감옥일 수밖에 없는지도 모른다.

5월 21일 (수)

의사 선생님이 엄마더러 며칠 입원해서 안정하라고 해서 엄마는 아침 일찍 입원을 했다. 5교시 수학 숙제를 깜빡 잊고 못 해 갔던 터라 엄마 핑계를 대고 조퇴했다. 조퇴하고 영화나 보러 갈까 했는데, 그랬으면 큰일 날 뻔했다. 뜻밖에도 선생님이 학교 끝나고 병원으로 찾아오신 거였다. 엄마와 나는 어쩔 줄을 몰라 했다. 큰 병도 아닌데…….

하지만 선생님과 저녁을 먹으면서 한 얘기가 너무 좋았다. 절대로 잊지 못할 것이다. 선생님은 어리고 보잘것없는 내 앞에서 자신의 사랑에 대해 친구처럼 얘기해 주었다. 그렇다, 친구처럼. 선생님이 나를 같은 남자로, 어른으로 대했다는 것을 나는 알 수 있었다. 그것은 내가 태어나서 처음으로 받아 본 감격적인 대우였다. 내가 소희를 이렇게 미친놈처럼 혼자 좋아하는 것도 그렇게 부끄러운 일은 아니라고 생각하게 되었다. 선생님같이 훌륭한 분도 그러지 않는가?

나는 선생님이 너무나 훌륭해 보인다. 나도 선생님처럼 평생 소희를 마음에 두고 혼자라도 사랑하고 싶다. 사랑하는 것은 사랑 받는 것보다 행복하다고 했지만 내 생각은 틀리다. 사랑 받는 쪽이 사랑하는 것보다 백 배는 더 행복하다. 하지만 사랑하는 것은 사랑 받는 것보다 위대하다, 나는 그렇게 생각한다.

소희에 대해서는 유미에게도 잘 말할 수 없었기 때문에 선생님한테 말하고 나니 속이 후련했다. 예전에 유미가 위정하를 짝사랑했을 때는 서로 숨김없이 얘기를 했는데, 이제 유미는 위정하에게서 벗어났는데, 나만 혼자 이러고 있으니 얘기를 할 수가 없다. 더군다나 유미는, 내가 위정하를 좋은 놈이라고 생각하지 않듯이, 소희를 좋은 아이라고 생각하지 않는다. 나도 알고 있다. 정소희가 훌륭한 아이여서 내가 사랑하는 건 아니다. 그럼 왜? 모르겠다. 사랑하는 데 이유는 필요 없다. 그냥 내 마음이 그러는 것을 어쩌란 말인가. 나는 소희 생각으로 미칠 것만 같은데, 걔 옆에만 가면 가슴이 두근거리고, 하루 종일 그 애가 보고 싶고, 이 세상에서 그 애가 제일 예뻐 보이는데 어쩌란 말인가.

이런 내 마음을 선생님이 알아주니 너무 좋았다. 내가 만약 희극 배우를 할 수 없다면 나는 선생님이 되고 싶다. 우리 선생님 같은 선생님, 그러나 꼭 희극반을 만들어서 특별활동을 할 것이다.

이렇게까지 소희를 좋아했구나……. 가슴속으로 조금 쓸쓸한 바람이 부는 듯하다. 내가 위정하를 좋아했던 것과는 비교할 수가 없을 정도다. 너는 마음 깊이, 진심으로 소희를 사랑했구나……. 그래, 친구인 나에 대한 마음과 그 감정은 전혀 다른 거겠지……. 나에 대한 재준이의 친구로서의 애정이 어떤 것인지 잘 알고 있으면서도 나는 가슴 한 귀퉁이가 조금 쓰라렸다.

5월 26일 (월)

오늘 나는 태어나서 처음으로(설마 처음은 아니겠지만 내가 기억하는 바로는) 사람을 때렸다.

점심 시간이었다. 급식을 먹고 화장실을 가는데, 소희와 마주쳤다. 소희는 언제나 그렇듯이 나를 보고 스스럼없이 말을 걸었다. 소희가 말을 걸면 내가 얼굴이 빨개지고 어쩔 줄 모른다는 걸 그 애는 알고 있고, 그걸 즐긴다.

유미랑은 여전히 친하니, 뜻밖에도 소희는 유미 얘기를 물었다. 소희도 유미가 자기를 싫어한다는 걸 잘 알고 있다. 내가 소희를 좋아해서 그렇지, 그렇지 않았다면 유미는 소희한테 어지간히 빈정댔을 것이다. 나는 그렇다고 더듬거리며 대답했다. 그렇게 우리 둘이

163

애기를 하고 있는데, 마침 옆을 지나가던 민석이가 나를 짱구라고 놀렸다. 야, 짱구, 짱구, 돌짱구, 하고.

그래, 이제 생각하니 우습다. 하지만 그 순간은 견딜 수가 없었다. 짱구라는 말은 내가 가장 싫어하는 말이 아닌가. 내 머리통의 생김새에 대해 나는 죽고 싶을 만큼 불만을 가지고 있는데, 그것도 내가 사랑하는 소희 앞에서 그 놀림을 받다니!

나는 눈에 보이는 게 없었다. 어디서 그런 용기가 났는지도 모르겠다. 나는 그 자리에서 민석이에게 달려들어 그 애를 죽어라 팼다. 내가 누구를 때리리라곤 아무도 상상 못 했던 터라 아이들은 그저 놀라서 멍하니 바라보기만 했다. 소희까지도.

민석이를 죽어라 팬 다음 나는 화장실로 들어가 울었다. 이제 소희는 죽을 때까지 내가 짱구란 사실을 늘 기억할 것이다.

5월 27일 (화)

세상은 이상하다. 민석이를 한번 팬 다음부터 아이들이, 특히 남자애들이 나를 잘 대해 준다. 전보다 훨씬 존중해 준다는 느낌이다. 웃긴다. 여자애들도 나를 대하는 게 달라진 것 같다. 유미만이 나를 비웃고, 놀렸다. 바보, 짱구, 짱구, 돌짱구, 내가 아주 로고송을 만들어야겠어, 하면서 놀렸다. 유미는 그 말을 금방 실천했다. 물상 시간에 졸고 있는데, 쪽지가 왔다.

가사 완성, 제목은 'song for 짱구'

짱구 짱구 돌짱구

미나리 밭에 앉았다

짱구 짱구 돌짱구

미나리 밭에 숨었다

짱구는 사랑스러워

짱구는 만지고 싶어 오오오~~

민머리는 싫어 싫어

짱구가 좋아 좋아 오오오~~~

나는 '너, 죽을래?' 한마디만 써서 유미에게 보내고 절대로 그 애를 쳐다보지 않았다. 하지만 속으로는 웃음이 나와서 참느라고 혼났다. 짱구라고 놀림을 당해도 기분이 나쁘지 않은 사람은 이 세상에서 오직 유미 하나뿐이다.

문득 눈시울이 젖어 왔다. 그래, 짱구라는 말에 불같이 일어나 싸웠다고 생각했더니, 그게 다 소희 앞에서 망신당한 데서 오는 용기였다. 나는 일부러 짱구라고 놀리며 재준이를 골려 줬는데…….

그날이 생각난다. 집에 갈 때도 나는 곡조까지 붙여 이 노래를 불러 대며 재준이를 골려 댔다. 재준이는, 요게, 자꾸 그러면 가만 안 둔다…… 그러면서 나를 때리는 시늉을 했지만 끝내 웃음을 참지 못하고 킥킥거렸다.

그립다, 그날들이……. 재준이가 지금 옆에 있어서 또 그 노래를 부르면서 골려 줄 수 있다면 나는 뭐든지 할 수 있다. 내가 짱구가 되어도 좋다. 아니, 평생토록 대머리가 되어 지내도 좋다. 재준이만 살아서 내 옆에 있다면…….

내 입에서는 어느새 그 노래가 흘러 나왔다. 짱구 짱구 돌짱구 미나리 밭에 앉았다 짱구 짱구 돌짱구 미나리 밭에 숨었다 짱구는 사랑스러워 짱구는 만지고 싶어 오오오~~ 민머리는 싫어 싫어 짱구가 좋아 좋아 오오오~~~…….

다시는 재준이에게 이 노래를 부르며 놀려 줄 수 없다. 다시는 그럴 수 없다. 재준이는, 재준이는 이 세상에서 영원히 사라졌다…….

다시 눈물이 치솟았다. 안 되겠다. 마음을 달래고 잠시 쉬었다 읽어야겠다.

나는 일기장을 펼쳐 둔 채로 자리에서 일어났다. 무언가 신나는 음악을 듣고 싶었다. 그래야만 이런 고약한 기분에서 벗어날 수 있으리라.

나는 CD장을 뒤졌다. '도시락특공대'란 CD가 손에 잡혔다. 내가 좋아하는 황신혜 밴드랑 황보령이랑 삐삐롱스타킹이 다 모여서 함께 만든 앨범이었다. 강산에는 별로 좋아하지 않는데, 여기서 들은 즉흥 퍼포먼스부터 좋아하게 되었다. 그래, 이걸 듣자. 나는 헤드폰을 끼고 볼륨을 최대로 높였다.

황보령의 쉰 목소리가 슬프게 웅얼거린다.

어쩐지 이상하다 생각했어
해 줄 수 있는 것도 없어서
닭장을 보기만 했지
영원한 외발 비둘기
외발 비둘기

무엇을 알 수 있는 건 아니야
마음이 아파도 어쩔 수 없지
이미 너무 늦었지
영원한 외발 비둘기
외발 비둘기

하얀 외발 비둘기 한 마리가 눈앞에서 날아가는 것만 같았다. 마음이 아파도 어쩔 수 없지, 이미 너무 늦었지…… 마음이 더 우울해졌다.

나는 다음 트랙으로 넘겼다. 신나는 즉흥 퍼포먼스!

드럼, 베이스 기타, 전자 기타의 리듬이 저절로 내 몸을 흔들리게 한다. 벽장에 들어가 잠들어 있던 검비가 나오더니 내 춤에 맞춰 야옹거리며 함께 팔짝거린다.

1996년 -12월 11일-
별로 상태가 좋아 보이지는 않지만
열반의 아이들이 지하실에서 뭔가 꿈꾸고 있다
……

후라이판에선 고양이가 여느 때처럼 졸다 모두 타 버렸네

아싸 지하 세계로 여행을 간다

도시락은 필수

지하 세계로 여행을 간다……

지하 세계로 여행을 간다니…… 도시락을 싸들고…… 재준이가 어두운 지하 세계를 떠돌고 있는 모습이 눈에 보인다. 아니야, 그럴 리가 없어. 넌 밝고 착한 아이였지. 넌 채플린처럼 우울한 사람들을 웃겨 주고 싶어 했는걸. 그래, 네가 떠도는 곳이 어디든 넌 분명 그 세계를 밝고 따뜻하게 만들었을 거야……. 그리고 아직은 내 곁에 머무르고 있어, 분명해. 나는 너를 느낄 수 있는걸. 아직은 떠나지 않고 있을 거야, 너는…….

나는 음악에 맞춰 한참 동안 몸을 흔들었다. 헤드폰의 줄이 닿는 범위 내에서, 한밤중이라 소리도 못 내고 몸을 흔들자니 오히려 온 몸이 땀으로 흠뻑 젖었다. 문득 유리창에 비친 내 모습을 보니 조금 은 기괴했다. 히히, 네가 나를 보면 오히려 겁먹겠다…….

그리고 나니 마음이 좀 풀렸다. 나는 음악을 끄고 다시 뜨거운 물 로 샤워를 했다. 참, 두 번씩이나 목욕재계를 하다니…….

벽장문을 열어 보니 검비는 그새 다시 자기 바구니로 들어가 새근 새근 잠이 들어 있었다.

나는 다시 책상 앞에 조용히 앉았다.

07
/
작별 인사

펼쳐 둔 일기장의 끝 줄이 눈을 찌른다.

짱구라고 놀림을 당해도 기분이 나쁘지 않은 사람은 이 세상에서 오직 유미 하나뿐이다…….

친구란 건 그런 걸까. 애인 앞에서는 죽어도 밝히기 싫은 일을 편하게 말하고, 바로 그 일로 놀림을 받아도 화가 나기는커녕 오히려 마음이 후련해지는 관계……. 위정하에게 차이고 재준이에게 놀림을 받을 때도 오히려 마음이 후련해지지 않았던가. 치, 사실은 만만해서 그런 거지, 뭐. 어떻게 생각하든 상관이 없으니까. 그렇게 생각하면 또 조금 약이 오르기도 했다.

나는 다음 장을 넘겼다. 6월……

아카시아의 향기가 온 동네를 덮던 때, 우리는 그때 한참 자전거에 열중했다. 둘이 자전거를 타고 아카시아 향내 나는 거리를 쌩쌩 달리던 기억이 꿈결 같다. 그 장면만을 따로 떼어 내 파스텔로 부드럽게 칠해 놓은 듯 아련하다.

6월 1일 (일) 맑음

오늘은 인준이랑 싸웠다. 내가 용돈을 악착같이 모아 사 놓은 채플린의 〈모던타임즈〉 비디오를 얘가 친구한테 빌려 줬다가 망가뜨려 놓은 것이다. 정말 화가 치밀었다. 그러고도 이 녀석은, 형, 그거 벌써 몇 번이나 본 거잖아, 하면서 미안해하지도 않았다. 내가 신경질을 내자 엄마까지 옆에서 거들었다. 뭘 그런 거 가지고 그러냐, 형이 참아야지.

아니, 형이란 건 허구한 날 참아야만 하나? 몇 년 먼저 태어난 죄로 나는 참으라는 소리만 듣고 살았다. 왜 형은 늘 참아야 하나? 허생전에도 나와 있지 않은가. '하루라도 먼저 난 사람이 먼저 먹도록 양보케 하여라!'라고. 그런데 나는 형이라고 좋은 게 하나도 없다. 언제나 양보해야 하는 건 나다! 정말 다시 엄마 뱃속으로 기어들어가 인준이보다 늦게 태어나고 싶다.

아무리 어리다지만 다른 사람에게 소중한 것을 지켜 줄 줄도 모르는 녀석, 엄마만 아니었으면 그 녀석도 민석이처럼 시원하게 두드려 패 주고 싶었다. 정말 주먹이 울었다.

6월 2일 (월)

오늘까지도 나는 화가 풀리지 않았다. 속이 상해서 인준이를 쳐다보지도 않았다. 그 녀석도 오늘은 내 눈치를 슬슬 봤다.

어떻게 해도 마음이 가라앉지 않아서 침대에 누워 죽은 영혼의 놀이를 혼자 했다. 하지만 죽었다는 상상이 잘 되지 않았다. 그래서 인준이 때문에 속이 하도 상해서 자살한 걸로 설정하니 실감이 났다. 인준이는 자책으로 괴로워 뒹굴고, 엄마 역시 내 맘을 몰라준 걸 가슴을 치며 통곡하고, 아빠는 인준이와 엄마를 마구 나무라며 죽은 나를 붙들고 운다······.

그러자 내 눈에서도 눈물이 흘러나왔다. 속도 시원해졌다. 참, 나는 천재인가 보다. 어쩌면 이렇게 만병통치의 놀이를 개발했단 말인가. 이다음에 내가 채플린처럼 유명한 희극 배우가 되면 이 얘기를 자서전에 꼭 써 넣어야겠다.

밤에 자기 전에 인준이 방에 가서, "인준아, 형이 너무 화를 내서 미안하다. 잘 자라" 그랬더니 인준이는 너무 놀라 입을 헤 벌린 채 아무 말도 못 했다. 히히, 형이란 건 역시 뭐가 달라도 다른 거다.

짜식, 상당히 건전한 놀이를 했군……. 정말 이렇게 생각하면 세상에 풀리지 않을 화가 없겠다. 나도 써 먹어 볼까……. 하지만 그런 생각의 와중에도 영안실에서 본 인준이의 얼굴이 떠올랐다. 너무도 재준이랑 똑같이 생겼던 그 애……. 그 아이는 형이 없는 빈자리를 어떻게 버텨 내고 있을지.

6월 9일 (월)

오늘 갑작스럽게 복장 검사를 했다. 유미는 치마 길이가 짧다고 걸렸고, 나는 머리가 길다고 걸렸다. 더욱 치사한 것은 운동장에 우리를 모아 놓고 복장 검사를 할 동안 선생님들이 교실에 들어가 우리 가방을 뒤진 일이다.

나랑 유미는 다행히 아무것도 걸리지 않았지만 담배나 만화책이 걸린 애들은 수두룩했다. 김진은 잭나이프를 가지고 왔다 걸렸다. 솔직히 김진이 걸린 건 기분 나쁘지 않았다.

6월 11일 (수)

일기장 첫 장에 적어 놓은 말을 한참 동안 뚫어지게 바라보았다.

어느 날 내가 죽었습니다.

내 죽음의 의미는 무엇일까요?

어느 날 나는 분명히 죽을 것이다. 언젠가는 말이다. 늙어 꼬부라져 죽을 수도 있지만, 불의의 사고로 젊은 나이에 죽을 수도 있다. 죽음이란 그런 것이다. 죽음이란 건 왜 생겨났을까……. 열여섯 살, 내 나이는 죽음과는 상관 없는 나이처럼 보인다. 그래서 나는 이런 장난도 하는 것이리라. 하지만 열여섯 살, 아니 그보다 더 어린 나이에도 죽음은 얼마든지 찾아온다.

이런 생각이 갑자기 든 건 텔레비전에서 소아암에 걸린 아이들에 대한 다큐멘터리를 봤기 때문이다. 엄마랑 둘이서 내내 울면서 봤다. 겨우 일곱 살인 아이가 곧 죽어야 한다니……. 일곱 살에 비하면 나는 엄청 나이가 많지 않은가. 죽는 건 어떤 걸까. 죽으면 다른 세상이 있는 걸까. 아니면 다른 존재로 바뀌어서 다시 태어날 수 있는 걸까.

"엄마는 환생을 믿어?" 하고 물었더니 엄마는, "그런 건 없어. 죽으면 모든 게 끝일 뿐이야. 그러니까 살았을 때 잘 살아야 돼, 열심히" 하고 대답했다. 참으로 엄마다운 대답이라고 생각했다.

하지만 나는 환생을 믿는다. 사람이 개로 태어난다던가 이런 식의 환생은 너무나 사람이 지어낸 생각 같아 믿어지지 않지만, 과학 시간에 배운 '에너지 불변의 법칙' 같은 식으로만 생각해 봐도 우리는 죽어서 무언가 다른 존재의 한 부분이 되지 않는가 말이다. 물론 기억도 없고, 형체도 달라진다. 그래도 사라지는 건 아니니까 환생이라고 볼 수 있지 않을까. 써 놓고 보니 내가 공부를 꽤나 잘하는 학생같이 여겨진다. 내가 유미를 닮아 좀 철학적이 되어 가는 걸까? 요즘은 한 생각이 들면 자꾸 물고 늘어지게 된다.

문득 재준이는 지금 무엇이 되어 있을까 하는 생각이 들었다. 참, 너는 재가 되어서 항아리에 담긴 채 사물함 같은 납골함에 들어가 있지. 하지만 그건 네 몸이고, 몸이 아닌 나머지 너의 것, 향기 같은 것, 기운 같은 것, 영혼 같은 것, 그런 것들은 지금 무엇이 되어 있을까. 몸이 없어졌으니 더욱 가볍게, 사람 눈에 띄지도 않게 두둥실 솟아올라 지금 내 곁에 와 있을까.

그래, 그런 것들이 한순간에 흔적도 없이 사라진다는 건 말이 안 된다. 아니, 말은 될지 몰라도 내 느낌은 그것을 거부한다. 분명히 재준이는 사라지지 않았어. 하지만 이 또한 나의 억지라면, 이 소름 돋을 만큼 강하게 느껴지는 존재감이 단지 내가 나를 속여 느끼는 감정이라면…….

네가 말 그대로 한순간에 사라진 것이라면, 그리고 다시는 이 세상에 돌아올 일이 없다면, 너라는 존재가 그냥 그대로 마치 한순간도 이 세상에 존재하지 않았던 것처럼 말끔히, 흔적도 없이 없어져 버린 거라면…….

사람들은 쉽게 말한다. 마음속에 품고 잊지 않으면 그 사람은 죽은 게 아니라고, 우리 마음속에 살아 있는 거라고……. 웃기는 소리다. 마음을 달래느라 만들어 낸 수많은 거짓 위로 중에서도 가장 짜증나는 말이다.

차라리 재준이가 완벽하게 사라졌다는 사실을 내가 받아들여야 하는 게 아닐까. 그리고 나 또한 언젠가는 그렇게 씻은 듯이 사라질 거라는 사실을…….

7월 1일 (화) 비

지쳤다. 사는 게 지겹다. 아빠는 나를 조금도 이해하지 못한다. 아빠에겐 내 단점만 보이나 보다. 왜 이렇게 패기가 없고 남자답지 못하냐, 왜 이렇게 게으르고 의지력이 약하냐, 대체 커서 뭐가 되려고 그러느냐, 아빠는 나를 볼 때마다 나무란다.

그런데 아빠 말이 다 맞다. 나는 내가 싫다. 마음에 드는 점이 하나도 없다. 그중에서도 키가 작고, 얼굴이 어리고, 남자답지 못한 점이 가장 속상하다. 그러니까 소희도 나를 남자로 여기지 않는 것이다.

언젠가 유미한테 그런 하소연을 했더니 걔는, 그래서 귀여운데, 뭘, 했지만 유미한테는 그래서 귀여움을 받더라도 소희에게는 그렇게 취급당하고 싶지 않은 것이다. 나는 김진처럼 남자답고, 키도 크고, 잘생겼으면 좋겠다. 나는 참 보잘것없는 남자다. 그렇다고 머리가 좋나, 공부를 잘하나, 운동을 잘하나, 달리 뾰족하게 잘하는 게 있나……. 기껏 채플린 흉내를 조금 낼 줄 알지만 그거 가지고 인생을 살아 나가기란 벅차다. 하긴 게임도 조금 잘하지만 그렇다고 그걸로 먹고살 수는 없다. 나는 정말 내 자신이 마음에 들지 않는다.

7월 8일 (화)

내일부터 시험이다. 이번 시험을 망치면 안 된다. 조금이라도 성적을 올려야만 한다. 엄마를 봐서라도 그렇지만 내 자신을 위해서도 그렇다. 나는 내가 한심하다. 어쩌면 이렇게도 잘하는 게 없을까.

오늘은 유미네 집에 가서 시험 공부를 같이 했다. 유미네 갈 때마다 엄마가 묻는 질문이 나는 참 싫다. 혹시 지금 유미 혼자 있는 거 아니니, 같이 있을 땐 꼭 방문을 조금 열어 놓아야 한다, 어른들이 다 나가시면 얼른 집으로 와라…….

어른들은 참 뻔뻔스럽다. 무슨 의도로 묻는지 아이들이 모른다고 생각하지만 우리도 알 건 다 안다. 그런 질문을 받을 때마다 나는 모욕감을 느낀다. 유미까지 모욕당한 것 같아 엄마에게 화가 난다. 그렇게 불안하면 못 가게 하던가…….엄마는 나를 못 믿으면서도 공부라는 것 때문에 타협하는 것이다. 나는 엄마가 좋고, 엄마를 가엾게 생각하지만 이럴 때만은 정말 엄마가 싫어진다.

유미와 공부하면 공부가 잘 된다. 서로 물어 봐 주기도 하고, 모르는 건 같이 찾아보기도 하고…….그렇게 같이 한 건 시험 때 기억이 잘 난다.

7월 9일 (수)

야호! 오늘 국사 시험, 하나밖에 안 틀렸다. 어제 유미와 공부한 게 적중했다. 유미도 두 개밖에 안 틀렸다고 좋아한다. 역시 우리는 바람직한 좋은 친구다. 고등학교에 가서도 이렇게 같이 공부할 수 있다면 우리라고 좋은 대학 가지 말란 법도 없을 것이다.

나는 유미가 정말 좋다. 유미랑 있으면 정말 편하다. 우리는 사실 우리 둘 말고는 단짝 친구도 없다. 나야 원래 성격도 수줍고, 아이들이랑 잘 못 어울리니까 예전부터 친구가 없었지만 유미는 성격도 활달하고 친구도 많을 아이인데 (실제로 전학 오기 전의 학교에서 유미는 친구들이랑 우르르 몰려다녔다고 했다.) 우리 학교로 전학 와서 적응을 잘 못 하고 있을 뿐이다. 유미로선 딱한 일이지만 나는 고맙다. 그렇지 않았다면 유미 같은 애가 나랑 이렇게 친하게 지내 줬겠는가.

이 대목을 읽으니 재준이와 대학생이 되어 캠퍼스를 거니는 장면이 문득 떠올랐다. 얼마나 재미있을까. 서로 미팅한 얘기도 하고, 연애 상담도 해 주고, 술도 걸지게 마시고, 그리고 도서관에 앉아 미친 듯이 공부도 했을 것이다. 꽃잎이 화르르, 꽃비처럼 내리는 아름다운 대학 캠퍼스에서 우리는 또 얼마나 따뜻하고 아름다운 추억을 많이 만들었을까.

어쩌면 재준이는 키가 큰 청년이 되었을지도 몰랐다. 겨우 중학생이었다, 그 애는.

중학생이란 건 모든 가능성을 품은 씨앗 같은 시기일 뿐, 아직은 아무것도 이렇다 저렇다 말할 수 없는 때가 아닌가. 나보다 키가 더 큰 재준이를 생각해 본다. 문득 그 애의 어깨에 머리를 기대고 싶다. 친구라도 그 정도는 할 수 있으니까.

나는 생각만으로도 가슴속에 따뜻한 물이 흐르는 듯싶었다. 어쩌면 나는 어느 날, 재준이에게 반할지도 몰랐다. 남자로서 말이다. 어제까지는 친구였던 아이가 갑자기 남자로 느껴지는 얘기도 많지 않은가.

나는…… 나는 긴 생머리를 날리는 세련되고, 터프한 여대생이 되어 있을 것이다. 죽었다 깨어나도 정소희처럼 내숭 떠는 청순가련형의 여자는 되고 싶지 않으니까.

키가 큰 재준이 옆에서 나란히 걷는 긴 생머리의 내 모습이 정말로 본 장면처럼 뚜렷이 떠오른다. 그럴 수도 있었는데, 그럴 수도 있었는데…… 우리에겐 무한한 미래가 열려 있었는데, 이렇게 무지막

지한 운명의 장난으로 그 화면은 찢겨 나가고 말았다.

다시금 가슴속에서 불길처럼 화가 치밀었다. 누군가 차르르차르르 잘 돌아가던 영화 필름을 큰 가위를 가지고 와 싹둑 잘라 버린 것처럼.

하필 왜 재준이었을까. 하필 왜…….

7월 10일 (목)

영어도 80점은 넘을 것 같다. 유미 덕분이다. 내가 엄마한테 자랑을 했더니, 엄마가 내일은 우리 집 와서 공부하라고 한다. 맛있는 거해 주겠다고.

하지만 유미가 올 것 같지 않다. 나도 우리 집보다는 걔네 집이 훨씬 편하다. 보나마나 유미가 오면 엄마는 또 지난번처럼 내내 들락거리면서, 안 보는 척 감시를 게을리하지 않을 것이다. 에이, 아예 말도 꺼내지 말자.

7월 16일 (수)

아빠한테 뺨을 맞았다!

7월 17일 (목) 제헌절

오늘은 휴일이었지만 나는 집에 붙어 있기가 싫어서 나왔다. 유미랑 롯데월드에 놀러 갔다. 휴일이라 사람이 어마어마하게 많았다. 아빠 얼굴이 보기 싫었다. 어젯밤에 아빠가 나한테 찾아와 미안하다고 사과했다. 뺨을 때린 건 아빠가 잘못했지만, 핸드폰 요금이 7만 원이나 나온 건 내가 잘못한 일이라고 했다.

핸드폰 요금이 많이 나온 건 사실이다. 밤마다 유미랑 통화를 많이 했다. 고민이 많았으니까. 아마 유미랑 그렇게 통화를 하지 않았다면 나는 정신병원에 갔을지도 모른다. 아니면 비뚤어진 불량 청소년이 되던가. 그렇게 생각하면 7만 원도 싼 돈이 아닌가. 그런 말을 아빠한테 하고 싶었지만 입도 벙긋하지 못했다. 내가 그랬다면 아빠는 또 소리를 버럭 지르며 손이 올라갈지 모르니까.

자기가 사과도 할 줄 아는 어른이란 데 대해 아빠는 만족해하고 있는 것처럼 보였다. 나한테 대해 미안한 마음보다 그런 자부심이 더 느껴져서 나는 조금도 감동하지 않았다.

휴, 이런 부분은 또 아저씨가 읽기 힘드시겠다……. 어쩔 수 없지, 그때 재준이는 몹시 괴로워했다. 엄마 병이 아빠 때문에 생겼다고 생각하는 재준이는 아빠에 대해 마음 깊이 원망을 품고 있었다. 그런데다 아저씨는 내가 봐도 너무나 자기 중심적이고, 요즘 아이들을 이해하지 못했다. 우리 친아빠처럼.

지난번에 아빠를 만나러 나갔던 날이 떠오른다. 오랜만에 만나는 자리였다. 사실 조금 어색한 기분으로 나갔다. 아빠는 재혼을 한 다음에는 나한테 가끔 전화만 할 뿐 만나는 자리를 자주 만들지 못했다. 거기다 엄마까지 재혼을 하자 아예 연락을 끊다시피 했다.

한 3년 만에 만나는 자리였다. 개방적인 새아빠와 무심한 엄마한테 길들어 있던 나는 아빠를 만나러 나가는데도 아무 생각 없이 평소의 차림대로 나갔다. 바닥에 질질 끌리는 통 넓은 청바지가 3년 만에 만나는 아빠의 눈에는 딸의 얼굴보다 더 먼저 박혔던 모양이다.

바지가 그게 뭐냐…… 아빠는 눈살을 찌푸렸고, 나는 더 이상 할 말이 없었다. 아빠의 질문도 그랬다. 공부는 잘하냐, 학원은 다니냐, 나중에 대학은 어디를 가고 싶냐, 엄마가 아침밥은 잘 챙겨 주냐……. 나는 공부에 관한 질문들은 심드렁하게 대답했다. 그리고 새아빠가 아침밥을 잘 챙겨 준다는 말이 목구멍까지 나오는 걸 간신히 참고 엄마가 잘 챙겨 준다고 대답했다.

하지만 내가 내 친아빠와 몇 년 만에 만나면서 원한 건 그런 게 아니었다. 나는, 많이 컸구나, 우리 딸, 그런 말을 하면서 따뜻하게 나를 바라보는 그런 장면을 상상했다. 내 기대는 산산이 부서졌지만 그렇다고 아빠를 향한 내 사랑이 줄어든 것은 아니었다. 사실 아빠는 늘 그랬다. 자상하다기보다는 엄하고 잔소리가 많은 아빠였다. 그래도 나는 아빠를 사랑했다. 있는 그대로, 우리 아빠니까……. 아빠 역시 나를 사랑할 테지만 있는 그대로 사랑하기는 조금 힘들어 보였다. 아빠는 나를 아빠가 원하는 모습으로 바꾸고 싶어했다. 하긴 그것도 사랑이다. 걱정스러운 마음에서 나온 거니까.

어쨌든 재준이네 아빠는 우리 아빠랑 많이 비슷했다. 재준이는 남자아이여서 그런지 아빠와의 충돌을 더욱 힘들어했다. 사실 뺨을 맞은 일은 텔레비전에 나오는 수많은 폭력 아빠들의 구타에 비하면 아무것도 아니겠지만 웬만큼 사는 집에서 조용하게 커 온 재준이 같은 아이한테는 엄청나게 힘든 일이었다. 오죽하면, '부모도 뺨은 안 때린다'는 말이 있지 않은가. 뺨이란 것은 자존심의 상징 같은 부분이다. 재준이는 인격이 완전히 무시당한 기분에 상당히 방황했었다, 그때.

하지만 덕택에 우리는 그날, 롯데월드에서 정말 신나게 잘도 놀았다. 부모의 몰이해와 억압에 대한 반항이라는 명분까지 붙어 그날의

피크닉은 더욱더 신이 났었다.

7월 23일 (수)

정소희가 방학 기간 동안 학원에서 나와 영어를 같이 듣게 되었다. 가슴이 두근거려서 혼났다. 유미에게 말했더니, 자기가 영어 도와줄 테니 열심히 해서 소희 고년 코를 납작하게 해 주라고 한다. 내속도 모르고⋯⋯.

소희와 매일 얼굴을 보는 건 황홀하지만 그 애와 함께 공부를 한다는 건 부담스럽기도 하다. 나의 못난 모습을 또 보이게 될까 봐.

7월 25일 (금)

영균이한테 오토바이를 배우기로 했다. 나는 지금까지 한 번도 오토바이를 타 본 적이 없다. 부끄럽게도 남자답지 못하게 겁이 많은 것이다. 사실 지금까지는 오토바이를 배우겠다는 생각조차 해 본 적이 없었다. 오토바이를 타는 애들은 모두 비행 청소년이라고만 생각했다. 중학생이 오토바이를 타다니, 내게는 너무도 거리가 먼 얘기였다. 우리 학교에서 오토바이를 타는 애들은 사실 위정하나 김진처럼 손꼽히는 날라리들 말고는 없다. 그런데 내가 그 대열에 낄 생각을 하다니! 나는 내 자신이 놀랍기만 하다.

솔직히 소희가 아니었다면 생각도 못 했을 일이다. 어제 소희가 그랬다. 자기는 남자가 오토바이를 잘 타는 걸 보면 온몸이 짜릿하다고. 물론 나보고 말한 건 아니고 여자애들끼리 모여서 한 얘기였지만 그 말을 듣는 순간 나는 무슨 일이 있어도 오토바이를 배우겠다고 결심했다. 그래서 당장 영균이를 조른 것이다. 생각해 보니 김진도 오토바이를 잘 타는 애라 소희의 마음을 얻었는지도 모른다.

그렇게 생각하고 거리에 나가 보니 세상에는 멋지게 오토바이를 타고 다니는 애들이 너무 많았다. 그런 애들을 보자 나는 부러워서 숨이 막혔다. 위정하나 김진은 오토바이를 정말 근사하게 탄다. 그 애들은 소위 폭주족이라고 해도 좋을 정도로 능숙하게 오토바이를 탄다. 하지만 그 애들과는 친하지도 않고, 그 애들한테 배우고 싶은 생각도 없기 때문에 비교적 얌전한 영균이한테 부탁한 것이다. 영균이는 노는 애가 아닌데도 오토바이를 제법 탄다. 재밌다는 것이다. 나는 폭주족 같은 건 결코 되고 싶지 않다. 그냥 오토바이를 탄다는 생각만으로도 겁이 무지무지하게 난다. 그래서 일부러 내 마음을 굳히기 위해 영균이에게 부탁을 해 버린 것이다. 나는 그저 오토바이를 제대로 탈 줄만 알아도 좋겠다. 언젠가 소희 앞에서 오토바이를

추하지 않은 모습으로 몰 수만 있어도 얼마나 좋을까. 그러면 소희
도 나를 조금은 남자로 봐 주지 않을까.

오토바이…… 드디어 오토바이가 나온다. 나는 가슴이 철렁 내려
앉는다. 이것도 결국 소희 고년 때문에 타게 되었단 말인가. 얼굴 반
반한 년이 사내 몇 작살낸다더니 소희가 딱 그 짝이 아닌가. 나는 심
장이 바작바작 타 들어가는 기분이 들었다. 나쁜 년, 살짝 살짝 눈웃
음을 흘리며, 마음을 줄 듯 말 듯 애를 태우는 소희의 희멀건 얼굴이
얄밉게만 여겨졌다. 어쩌겠는가, 그런 소희한테 정신을 못 차리고
반해서 날뛴 게 내 친구 재준이었으니……. 누가 등 떠밀어 시킨 일
도 아닌 것을…….

7월 26일 (토)
아직도 머리가 깨질 것만 같다. 하지만 나는 생전 처음으로 오토
바이를 타 보았다!
물론 혼자 탄 것도 아니고, 영균이 뒷자리에 앉아 타 보았을 뿐이
다. 그것도 한 10분이나 탔을까. 짧은 시간이었다.
그러나 영균이의 뒷자리에 앉아 차들이 쌩쌩 달리는 거리로 나선

순간부터 나는 온몸의 핏줄이 그대로 말라붙는 기분이었다. 마음속으로 계속 생각했다. 죽기밖에 더해, 그보다 더한 일은 없어. 속도에 몸을 싣자, 그냥 모든 걸 잊고……. 영균이는 오토바이 선수야. 두려워하지 말자…… 실제로 그렇게 중얼거리고 있자니 마음이 편해졌다. 눈을 감은 채 오토바이의 속도만을 몸으로 느끼니 생각보다 견딜 만했다.

그런데 어느 순간 머리가 깨질 듯이 아파 오기 시작했다. 도무지 더이상은 견딜 수가 없었다. 입으로 신 침이 올라오면서 토하고 싶어졌다. 태어나서 그렇게 머리가 아파 본 것은 처음이었다. 그래도 영균이한테 놀림을 받을까 봐 참으려고 애썼지만 더 이상은 1분도 견딜수가 없었다. 마침내 나는 영균이한테 내려 달라고 했다. 영균이는더 속도를 올리며 놀렸다. 뭘 그래, 조금만 참아 봐, 나를 믿어……

하지만 나는 더 이상 영균이를 붙잡고 있을 힘도 없었다. 내려 줘, 영균아, 나, 머리가 깨질 것 같아……. 그제야 영균이는 내 목소리가 이상하다고 느껴서 길 옆으로 오토바이를 몰아 세워 줬다. 내 얼굴이 하얗게 질려 있었던 모양이다. 영균이가 몹시 놀라서 물었다. 너, 몸이 아픈데 탔구나. 그러면 말을 해야지, 짜식아……. 응, 미, 미안…….

나는 영균이가 그렇게 말을 해 줘서 기뻤다. 적어도 내가 겁쟁이라는 사실을 들키지 않아도 되었으니까.

오토바이에 내려서 바람을 쐬니 좀 나아졌지만, 지금까지도 머리는 내내 아프다. 이래 가지고 과연 내가 오토바이를 탈 수 있을까? 정말 내 자신이 싫다. 나는 왜 이렇게 남자답지 못할까? 한심하기 짝이 없다. 남들 다 타는 오토바이도, 그것도 뒷자리에 앉아 타는 거야 여자애들도 얼마든지 하는 일이 아닌가? 내가 바보 같다. 너무나 맘에 안 든다.

8월 7일 (목)

오늘 학원 수업 시간에 나는 엉뚱한 대답을 해서 웃음거리가 되었다. 진흥왕 순수비를 얼결에 진흥왕 순결비라고 말한 것이다. 소희의 웃음소리만 크게 들리는 것 같았다.

8월 9일 (토)

유미한테 오토바이를 배운다고 고백했다. 이제는 어쨌든 탈 줄은 알게 되어서 얘기할 용기도 생긴 것이다. 그전에는 꼭 하다가 포기할 것만 같아 유미한테도 털어놓지 못했다. 유미는 펄펄 뛰며 말했다. 야, 공장에서 오토바이 하나 만들 때마다 뭐라는지 알아? ······뭐라는데······? 과부 하나 나가요! 그런댄다, 이 멍청아! 당장 집어치워! 어울리지도 않는 짓을 갑자기 왜 하냐? 엉?

오토바이를 두려워했던 건 다른 누구보다도 나였다. 하지만 나는 이렇게 내 자신을 하나씩 극복해 나가는 기쁨이 크다. 다른 애가 할 수 있는 일이라면 나라고 못할 게 뭐란 말인가. 유미가 걱정하는 마음은 알지만 나는 소희에게 잘 보이기 위해서든 어쨌든 이렇게 내가 변해 가는 모습이 더 좋다.

8월 10일 (일) 흐림

요즘은 학원 끝나고 몰래 오토바이를 타는 맛으로 산다. 영균이가 말한 오토바이의 맛을 조금은 알 것 같다. 오토바이를 타면서 속력의 맛을 알게 되면 어느 순간 모든 것을 놓고 싶어진다고 한다. 그 순간 아무 생각도 들지 않는다고 한다. 영화 〈비트〉의 정우성처럼 그냥 날아오르고 싶은 마음만 든다고. 그때를 조심해야 한다고 했다. 그 도취와 같은 순간에 정신을 차려야 한다고.

오토바이는 움직이는 살인병기야, 영균이가 말했다. 내게는 어림도 없는 얘기다. 그런 말을 하는 영균이가 그저 멋있어 보이기만 했다.

엄마가 알았다간 자살 소동이라도 벌이리라. 아빠가 알았다가는 다리가 온전치 못할 것이다. 유미마저도 오토바이를 타면 다시는 안 만나겠다고 으름장이라 안 타겠다고 거짓 약속을 했다. 그랬으니 어쩔 수 없이 나는 몰래 숨어서 오토바이를 탄다. 아직은 학교 운동장이나 공원에서만 탄다. 거리에서 타는 건 무서워서 오금이 펴지지 않는다. 나 같은 겁쟁이는 처음 봤다고, 영균이가 놀렸다. 그래도 할 수 없다. 무서운 건 무서운 거니까.

8월 14일 (목)

소희가 오늘 내 옆에 앉았다. 가슴이 마구 뛰고, 얼굴이 빨개진 채 나는 아무 말도 할 수 없었다. 선생님이 하는 말이 하나도 들어오지 않았다. 어쩌다 몸이 살짝 부딪칠 때마다 나는 온몸에 소름이 돋을 지경이었다.

수업이 끝나고 가방을 챙기는데 소희가 말했다. 다음에도 옆자리 비워 놔. 내가 앉을게. 앉아도 되지? 싫은 건 아니지?

다 알면서 걔는 나를 놀리는 거다. 나도 그런 걔의 마음을 다 알면서도 이렇게 어쩔 줄을 모른다. 소희의 마음이 나한테 온 것이 아니란 것을 잘 알면서도…….

언젠가 오토바이를 멋지게 타게 되면 나는 꼭 소희 앞에 나서서 그 모습을 보일 것이다. 그보다 더 큰 꿈은 언젠가 소희를 내 뒤에 태우고 가는 것이다! 아, 상상만 해도 너무나 즐겁다. 아름다운 소희를 등 뒤에 싣고, 그 애의 손길과 숨결을 느끼면서 오토바이를 타는 내 모습, 얼마나 사내답고 터프해 보일 것인가! 생각만 해도 가슴이 두근거린다. 소희야, 내 사랑, 조금만 기다려라. 이제 조금만 있으면 나는 거리로도 나갈 수 있을 것이다.

한밤중에는 차도 별로 없어서 연습하기 좋다고 했다. 두려움은 순간이다. 죽기밖에 더 하겠어, 그 생각 하나면 아무리 큰 두려움도 사라진다. 그래서 사람은 가끔씩 목숨을 걸고 무엇인가를 하는 것이다. 사랑을 얻기 위해서라면 목숨 아니라 무엇인들 못 걸겠는가! 다음에도 옆자리 비워 놔. 내가 앉을게. 앉아도 되지? 싫은 건 아니지? ……그 말을 하루 종일 외우고 다닌다. 나, 황재준은 정소희를 사랑한다. 농담이라도 좋고, 나를 놀리는 말이라도 좋다. 그래도 소희가 나한테 해 준 그 말 한마디를 다시 들을 수 있다면 나는 무엇이든 할 수 있다.

일기는 거기서 끊겨 있었다. 재준이 사고를 당하기 사흘 전의 일기…….

　나는 잠시 책상에 엎드렸다. 이상했다. 아까까지는 소희가 정말 얄밉기만 했다. 그런데 정작 마지막 일기-소희에게 잘 보이고 싶은 마음 때문에 재준이가 죽음의 길로 가게 된 것일지도 모른다는 의심을 품게 하는-를 읽으니 오히려 그런 마음이 사라졌다.

　그렇게 깊이 소희를 사랑했구나……. 여러 가지 착잡한 생각이 내 머리를 감쌌다. 재준이가 이렇게까지 깊이 소희를 생각하고 있을 줄은 정말 몰랐다. 외곬이고, 순수한 아이였으니 얼마든지 있을 법한 얘기였다. 그런데 소희가 얄밉지가 않았다. 소희를 이토록 사랑한 재준이 마음도 내게 다가왔지만 재준이의 사랑을 이렇게 받은 소희라면 나 역시 미워할 수가 없었다. 내 친구가 이토록 사랑하는 아이였으니…….

　아니, 그보다 나는 소희에게 감사하는 마음이 들었다. 뜻밖의 감정이었다. 하지만 그렇게 짧게 살다 간 재준이가 그 짧은 삶 속에도 이렇듯 어여쁜 사랑을 느낄 수 있었던 건 누가 뭐래도 소희 덕분이니까. 소희가 아니었다면 재준이는 사랑 한번 느껴 보지 못한 채 이 세상을 떠났을 테니.

　그 사랑의 힘으로 자신의 한계를 극복해 나가려는 재준이의 모습이 나는 눈부셨다. 그러다 일순간에 그런 사고를 당한 것이었지만, 그것만은 어떻게 해서라도 막았어야 할 일이었지만 그 마음만은, 그 열정만은 눈부셨다.

어쩌면 재준이는 죽기 직전까지도 소희만을 생각하고 있었을지도 몰랐다. 내가 걔한테 달려갔어도 서운해했으리라. 소희가 아니라서…….

그렇게 생각하니 또 누군가 심장을 바늘로 콕콕 찌르는 것처럼 통증이 몰려왔다. 실컷 소희한테 애정을 품고 감사까지 해 놓고는 어이없게도 다시 서운한 마음에 눈물이 솟았다. 우정과 사랑이란 게 별개란 것을 잘 아는데도, 소희를 사랑하는 걸 이미 알고 있었는데도, 이렇듯 재준이의 속마음을 다 들여다보고 나니 한편으론 끝없는 서운함이 밀려왔다.

치, 다시는 너 같은 거 생각하나 봐라. 이제 다시는 너 보고 싶다고 질질 짜고 안 할 거다. 난 씩씩하게 잘 살아갈 거다, 너 없이도…….

그렇게 한참을 눈물 콧물 훌쩍이면서 구시렁거리고 있는데, 문득 그런 내 모습에 혀가 차졌다. 어이없고 한심했다. 나는 마치 재준이가 지금 살아 있는 것처럼 그런 시시한 문제로 샘을 내고 있다. 죽은 친구가 남긴 일기장을 읽고 난 느낌이 고작…….

그러니까 사실은 재준이가 죽었다는 실감이 더 안 났다는 말이다. 일기장을 다 읽고 나니 재준이는 더욱더 살아 있는 것만 같았다. 어찌나 그 느낌이 강렬한지 당장이라도 전화를 걸면 재준이가 받을 것만 같았다. 무서운 꿈 꿨어? 이 밤중에 웬 전화야? 하면서…….

재준이가 죽었다는 사실이 그냥 먼 나라에서 들려온 헛소문이나 꿈처럼 여겨졌다. 눈물도 더 이상 나오지 않았다.

그렇다. 재준이는 살아 있다. 보통의 평범한 열여섯 살의 소년으로 영원히. 소년이 죽지 않아 남자가 되지는 못했지만.

창밖을 내다보니 어느새 빗줄기가 제법 굵어져 있었다. 그러고 보니 비 내리는 소리도 들려왔다. 일기장을 읽느라고 못 들었던 모양이다.

가을비…… 이 비가 그치면 가을이 보다 짙어지겠지…….

가로등 불빛은 굵어진 빗줄기 속에서도 여전히 노랗게 빛나고 있었다. 그 봄날 벚꽃잎이 후드득, 떨어지던 빛의 공간 속엔 지금 굵은 빗줄기가 내려꽂히고 있다.

꼭 그 속에 재준이가 서서 나를 올려다보고 있는 것만 같았다. 나는 스탠드의 불마저 껐다. 내 모습을 숨긴 채 재준이를 바라보고 싶었다. 그렇게 하고 있으니 정말로 재준이가 나를 바라보는 눈빛이 고스란히 느껴졌다. 가로등 불빛이 만드는 그 노란 공간이 꼭 다른 세상처럼 여겨졌다.

어이없지, 재준아? 나 역시 오늘 살아 있다고 해서 내일도 살아 있을 거라고 말할 수 있니? 죽음과는 한끝도 닿지 않을 것 같았던 네가 그렇게 어이없이 저세상으로 가다니……. 너는 정말 소년답게, 열여섯 소년답게 그렇게 살다 갔구나. 사랑도 품었고, 고민도 하고, 방황도 하고, 열등감에도 시달리고, 그러면서도 꿈을 품고, 그리고 우정도 쌓았고…….

너에 대해 다 알고 있는 줄 알았는데, 아니었어. 너도 마찬가지겠지, 우리가 서로 안다는 건 한계가 있는 일이니까……. 내가 네 일기장을 읽어서 속상하진 않니? 좀 무안하긴 하지? 내숭쟁이 같으니라구, 정소희를 그렇게 못 잊고 있었으면서 내 앞에선 왜 그렇게 숨겼니? 바보, 말이라도 했으면 조금은 속이 풀렸을 텐데……. 나같이 멋진 여자를 옆에 두고 그런 한심한 애한테 빠져 있었다니, 너도 참 눈이 제대로 박힌 애는 못 되지만 말이야, 그래도 나를 못 알아봐서 정말 다행이야…….

무얼까, 너와 나는…… 그래, 나는 너랑 친구로 만난 게 너무 좋아, 네가 맨 처음에 원했던 대로, 그냥 친구, 남자 친구 말고……. 앞으로 살아가면서 수많은 친구들을 만나겠지만 재준아, 넌, 넌 나한테 너무나 특별한 존재일 거야. 죽어도 잊을 수 없겠지. 어떤 남자한테 사랑을 느끼고 빠져들든 네 몫의 자리는 내 가슴속에 언제나 변치 않고 있을 거야……. 그래, 너도 그랬을 거야. 소희가 네 마음을 아무리 차지하고 있었어도 내 자리는 네 속에 분명히 있었을 거야. 아무리 사랑하는 사람이 바뀌어도 변치 않고 언제나 놓여 있는 의자하나, 붉게 타오르는 빛깔은 아니지만 가을 낙엽 빛처럼 은은한 빛깔의 의자 하나는 언제나 놓여 있었을 거야. 그걸 잊고 내가 샘을 내다니…… 미안해, 재준아.

스탠드의 불을 다시 켰다. 불빛이 만드는 작은 공간 속에 일기장이 펼쳐진 채 놓여 있었다. 일기장을 덮으려다 나는 다시 맨 앞장으로 돌아갔다.

어느 날 내가 죽었습니다.
내 죽음의 의미는 무엇일까요?

네 죽음의 의미는…… 모르겠다. 아마도 평생토록 나는 그걸 생각하며 살아야 할 것 같다. 내 평생도 얼마가 될지는 모르겠지만 누군가 태어났다면 반드시 죽는다는 사실을, 그것도 언제 죽을지 모른다는 사실을, 그리고 그 죽음이 지극히 어이없고, 하찮은 것일 수도 있다는 사실을 네가 가르쳐 주고 갔으니까.

재준아, 네가 정말 보고 싶다. 네 죽음의 의미는 내가 너를 다시는 볼 수 없다는 뜻이지. 그 한 가지는 너무도 확실하지. 황재준이라는 내 친구가 짧은 시간 이 세상에 머물다 떠났다는 거, 그 짧은 시간 동안 내 마음속에 도저히 파낼 수 없는 무거운 사랑을 남기고 떠났다는 거……. 잘 가라, 재준아, 이제는 떠돌지 말고 편안히 잘 가라…….

내 눈에서 눈물 방울이 떨어졌다. 사인펜으로 쓴 그 글씨가 눈물에 젖어 퍼졌다. 내 눈에는 그 모습이 재준이가 눈물을 흘리는 모습으로 보였다.

그래, 나한테 작별 인사 하는 거지? 잘 있으라고, 너도 눈물이 날 테지…….

나는 눈물 젖은 종이를 그대로 둔 채 일기장을 덮었다. 이제 나도 자야겠다. 내일은 아주머니한테 찾아가 일기장을 건네드려야지. 아주 재미있다고, 읽어 보시라고, 엄마 흉도 한 바가지는 써 놨다고 말씀드려야지…….

내가 부스럭거리는 소리에 다시 깼는지 벽장에서 검비가 기지개를 켜며 나왔다. 나는 검비를 들어올려 안았다. 내 품 안에서 갸르릉거리는 그 작은 고양이에게 나는 가만히 뺨을 비볐다.

스탠드 불을 끄고, 검비를 안은 채 자리에 누우니 굵어진 빗소리가 귓전을 울렸다. 그 빗소리가 내게는, 잘 있어, 잘 있어, 나는 가, 나는 가, 하는 소리로 들렸다. 작별 인사의 빗소리를 들으며 나는 조용히 잠을 청했다. 비는 밤새 저렇게 올 모양이다.

작가의
말

'작가의 말'을 세 번째 쓰게 되었다. 더할 수 없는 영광이지만 마음은 조금 무겁다.

2년 전, 50쇄 기념 책이 나올 때도 나는 기쁘면서도 슬픈 마음이 든다고 썼다. 하지만 그건 어디까지나 실제로 죽은 소년을 위한 '비석' 같은 이 책에 대해 갖는 슬픈 마음이었지, 작품 자체에 대한 무거운 마음은 아니었다. 그러나 이 책이 어른들을 위한 책으로 다시 나온다니 나는 여러 가지로 불안했다. 이 책을 쓸 때 '어른'에 대한 고려는 한 점도 하지 않았기 때문에 이 책이 그들에게 어떻게 여겨질지 나는 도통 알 수가 없었다.

그런 불안한 마음을 품은 채 이 책을 오랜만에 다시 읽었다.

17년이란 세월은 짧은 시간이 아니었다. 책에 나오는 호적법만 해도 그사이에 개정이 이루어졌다. 이제 콜라텍은 청소년이 아니라 노인들이 가는 곳이 되었고, 학생들의 손에는 문자를 보낼 때 글자 수가 제한되어 띄어쓰기도 할 수 없었던 구식 핸드폰이 아니라 손에서 뗄 수 없을 정도로 온갖 기능을 가진 스마트폰이 쥐어져 있다. 쓰는 말이 달라진 건 일일이 지적도 할 수 없을 정도다.

그럼에도 나는 책장을 덮으며 뜻밖에도 마음이 편했다. 이 소설이 엄청나게 훌륭한 작품이라 누가 읽어도 좋다는 생각이 들어서는 물론 아니었다. 그러기는커녕 이 글은 사람들이 '훌륭한 문학 작품'을 떠올릴 때 기대하는 모습과는 여러 가지로 달랐다. 앞에서 썼듯 세월에 부식된 부분마저 있었다. 그러나 본질적인 면에 있어서 이 글은 나쁘지 않았다. 낡지도 않았다. 그 말은 이 책 속의 아이들이 내게는 아직도 살아있다는 말이며, 이 책 속에서 말한 그 어느 것도 지금의 내가 뒤집고 싶은 것이 없다는 말이다. 나는 마음을 놓았다.

이 책을 쓸 동안 가장 힘들었던 일이 내 자신과의 싸움이었다는 사실도 새삼 떠올랐다. 그 사실을 기억해 내자 깊은 숨이 내쉬어졌다. 그때의 나로서는 이기기 쉽지 않은 싸움이었는데 나는 기어코

이겼다. 이것이 무슨 말인지 설명을 보태는 것으로 이 세 번째 '작가의 말'을 대신하려고 한다.

두 번의 '작가의 말'에서 나는 이 책을 쓰게 된 경위에 대해 이미 말을 하였다. 나는 실제로 죽은 어떤 소년을 위하여 이 책을 쓰기 시작했다. 그때 내 결심은 '문학은 포기한다'는 것이었다. 문학 같은 건 포기하자, 오직, 이 허무하게 사라져 간 아이를 내 책 속에서라도 한 번 더 살게 하자, 그렇게 마음먹었다.

나는 충실한 통로가 되고자 했다. 유미와 재준이, 그 외 모든 등장인물들을 나라는 통로를 통해 세상에 내보내 피가 돌게 해 주려고 애썼다. 그랬음에도 이따금씩 나는, 내 속의 갈등에 시달렸다. 그것은 내가 포기하기로 마음먹었던 그 '문학'에 대한 미련이었다. 아름다운 문장, 낯선 표현, 허를 찌르는 반전, 치밀한 구성 등등의 매혹적인 '문학'에 대한 욕망이 나를 괴롭혔다. 책을 내고도 한참 시간이 지난 뒤에야 나는 그때 내가 포기했던 '문학'이 실은 진정한 문학이 아니라 '문학적 허영'이었다는 것을 깨달았다. 그것은 '작품을 멋지게 보이려고 하는 욕심', '내가 글을 잘 쓰는 사람이라는 것을 드러내고자 하는 욕망'을 뜻했다. 내가 무명의 작가였던 까닭에 그 갈등은 더 컸다. 나는 사람들이 이 책을 읽고, 내가 이렇게밖에 글을 못 쓰는 사람이라고 생각할까 봐 괴로웠다. 그러나 나는 그 갈등을 이겨 냈고, 나를 통로로 만들어 아이들을 여과 없이 세상에 내보냈다. 어른의 시각으로 보면 낯간지러운 감정 표현, 심지어 남발되는 말줄임표까지도 그런 연유로 저절로 흘러나왔다.

책이 나오기 전, 모니터링을 해 주신 어떤 분-물론 어른인-은 심지어 '이거, 중학생이 쓴 글인가요?'라고 물어보시기도 했다. 어쩌면 모욕적으로 들릴 수도 있었을 그 말이 내게는 극찬으로 여겨졌다. 내가 통로로서의 역할을 제대로 했다는 안도감 때문이었다.

이렇게 세월이 흘러 내 글이 남의 글처럼 보이는 지금에야 나는 확실히 알겠다. 결과적으로 나는 그때 '문학'을 절대 포기하지 않았다는 것을. 내가 '문학'을 포기한다고 생각한 그 마음이야말로 가장 문학적인 태도였다는 것을.

'문학'이 무엇인지는 작가마다 다르게 생각할 것이다. 나는 아직도 '문학'이 무엇인지 제대로 말하지 못한다. 그러나 적어도 나한테는, '다른 존재에 생명을 부여하는 것'이 문학의 가장 중요한 축 중의 하나다. 내가 빠져들었던 문학 작품들이 그러하였다. 이 책에서 아이

들은 살아났다. 그랬으니 나는 내가 생각하는 가장 문학적인 행위를
한 셈이었다.

지금, 다 큰 어른일 당신한테 이 책을 내놓느라 말이 길어졌다.

그렇지만 나는 당신이 어느 날 '어른'으로 세상에 불쑥 태어난 사
람이 아니란 것을 안다. 우리 모두는 아기로부터 성장하여 소년 소
녀 시절을 거쳐 어른이 되었다. 저 러시아 인형 마트료시카 안에 켜
켜이 들어 있는 작은 인형들처럼 우리 안에는 수많은 '우리들'이 들
어 있다.

그러니 나는 당신에게 부탁한다.

이 책을 읽을 때는 부디 당신 속의 소년과 소녀, 아마도 오랫동안
호출하지 않아 어딘가 구석에서 잠들어 있거나, 혼수상태에 빠져 있
을지도 모르는 그들을 불러내어 모처럼 숨 쉬게 해주기를 바란다.
견고한 '어른'의 껍질은 잠시 벗어 놓기를, 성숙하고, 냉정한 어른의
눈은 잠시 감아 주기를 부탁한다. 그렇게만 해 준다면 이 이야기가
여러분의 심장을 조금은 건드려 줄 거라고 감히 말한다. 이 이야기
는 우리의 어떤 나이에도 예외를 두지 않는 죽음과 상실의 이야기이
며, 또한 그것을 어떻게든 버텨 내며 살아가야 하는 우리 모두의 삶

의 이야기이니.

긴 세월 동안 이 책을 읽어 주신 독자들과 이렇게 새로이 이야기의 집을 지어 주신 모든 분께 마음 다해 감사를 드린다. 내게는 이모든 것이 기적이었다.

마지막으로 이 세 번째 책은 통로로서의 자신의 소임에 충실했던 그때의 나, 이제는 남처럼 여겨지는 '그녀'에게 바칠까 한다. 그 뒤로도 나는 그다지 훌륭한 작품을 써 오지는 못했지만 그래도 마음가짐만은 그때 그대로 글을 쓰고 있는데 그것은 오로지 '그녀' 덕분이기 때문이다.

2021. 2. 7

연서루(蓮書樓)에서

이경혜

50쇄를
기념하며

이 책이 나오던 해의 3월 어느 날, 서해안에는 폭설이 내렸다. 눈이 내리기 전날, 나는 마침 어떤 모임에 참가한 덕분에 바닷가 여관에서 자게 되었다. 새벽에 눈을 떴을 때, 그 방의 넓은 창으로 쏟아지는 눈이 보였다. 아직 깨지 않은 사람들 사이에 누운 채 나는 그 눈을 하염없이 바라보았다. 문득, 벚꽃이 흩날릴 때 책이 나오면 좋겠다고 생각했다. 내 소원대로 책은 벚꽃이 눈처럼 흩날리던 그해 4월에 이 세상에 나왔다.

15년의 세월이 흘렀다.

그때 이 책을 읽었던 15세의 소년 소녀는 30세가 되었다. 그 사이에 이 책과 얽힌 많은 사연도 생겼다. 고맙고 기쁜 사연들이 적지 않았지만 숨을 쉴 수 없을 정도로 고통스런 사연도 있었다. 내가 모르는 많은 사연도 세상 어느 구석에서는 있었을 것이다.

책을 두 번 찍기도 어려운 이 시대에, 이 책은 살아남아 오십 번을 새로 찍게 되었다. 내 힘은 결코 아니다. 겸손이 아니라 진심으로 그렇게 생각한다. 내 다른 책들은 전혀 그렇지 않다는 게 증거다.

50쇄 기념으로 양장본 책을 찍는다는 소식에도, 반갑고 기쁘면서도 한편으론 슬픈 마음도 들었다. 이 책은 실제로 죽은 한 소년을 위한 글이니 나무 팻말만 있던 무덤에 돌로 만든 비석을 세워 주는 것 같아 기뻤지만, 비석이란 아무리 좋은 것이라도 슬픈 사실에 대한 기념물이니까 그랬다.

이 책 덕분에 수많은 학생들을 만나러 다녔다. 그들과 어울려 이야기하고 놀면서 나는 그 자리에 그 소년이 함께하고 있다는 느낌을 자주 받곤 했다. 15년이 흘렀어도, 늘 열여섯에 머물러 있는 그 소년.

그런 생각이 들면 걷잡을 수 없이 눈물이 쏟아져 당혹스러울 때도 있었다.

사실 작가의 말을 새로 쓰라는 말에 떠오르는 얘기가 너무나 많았다. 책을 만들어 주신 분들, 책을 읽어 주신 분들, 책에 대해 얘기해 주신 모든 분들에 대한 고마운 마음도 새삼 들었고, 그간의 여러 사연들에 대해서도 넘치듯 기억이 떠올랐다. 그러나 막상 글을 쓰기 시작하니 누가 입을 막은 듯 말문이 막혔다.

　마음으로만 모든 고마움을 전하고, 마음 깊숙이에 그 사연들을 묻는다.

　마지막으로 이 책은, 헌사에서 말한 소년들과 아울러 특별히 한 소녀에게도 바친다.

　내 마음속 깊은 곳의 한 소녀에게.

2019년 1월 14일

어느 숲에서 이경혜

작가의
말

2001년 9월 9일, 한 소년이 어이없게 목숨을 잃었습니다.

내가 그 소식을 들은 것은 원주의 토지문화관에 머무르고 있을 때였습니다. 죽음의 소식을 듣기 직전까지도 나는 그 소년의 존재조차 몰랐습니다. 얼굴도, 이름도, 그런 애가 이 세상에 살고 있다는 것조차 몰랐지요.

그런데 이상하게도 그 소식을 듣는 순간, 나는 내가 잘 아는 사람의 죽음에 접한 것처럼 통곡을 터뜨리고 말았습니다. 며칠 내내 울음이 그치지 않았습니다. 나한테 그 또래의 딸이 있었던 탓일까요?

나는 아마도 그때 그 소년의 부모의 심정이 되었던 모양입니다.

누군가 내 심장에 칼질을 해대는 것처럼 숨을 쉴 수 없이 고통스러웠습니다. 생전의 그 소년과 절친했던 것처럼 말입니다. 마침내 나는 그 애에게 약속하고 말았습니다. 언젠간 꼭 네 얘기를 써 주마. 그것이 꼭 너를 그린 얘기는 아닐지라도 너처럼 어이없이 어느 날 사라져 버린 어린 넋들의 이야기를 내 꼭 써 주마…….

그로부터 2년 뒤 나는 다시 토지문화관으로 들어갔습니다. 약속했던 그 얘기를 꼭 그곳에서 마무리짓고 싶었습니다. 그곳은 내가 그 소년을 만난 곳이었으니까요. 나는 늦었지만 그 약속을 지켜 냈습니다. 마침표를 찍고 자리에 누운 밤, 창밖으로는 늦가을의 찬비가 추적추적 내리고 있었습니다. 나는 그 밤, 아주 편안히 잠이 들었습니다.

내가 이 글을 쓰면서 원했던 것은 지극히 평범하고, 무난하고, 아늑한 삶이었습니다.

돌아보니 주위에는 그렇게 어린 나이에 어이없이 사라져 간 소년들이 뜻밖에 많았습니다.

이미 사라져 간 그 소년들에게 유별나고, 극적이고, 고통스런 삶을 살게 하고 싶지 않았습니다. 그 어디에도 비극의 그림자가 스미지 못하는 그런 평화롭고 사소한 시간을 누리게 해 주고 싶었습니다. 그 소년들이 이 글 속에 머물러 아기자기한 삶의 한 자락, 잠시나마 누리다 갈 수 있게 말입니다.

이 글을 쓰는 내내 내 벽에 사진으로 붙은 채 고생했던 중학생 친구들, 새록이, 지윤이, 의진이, 정진이, 한솔이, 민기…… 모두 정말 고맙습니다. 나는 여러분들을 내 앞에 앉혀 놓고 얘기를 들려주는 심정으로 글을 써 내려갔으니까요. 혼자 울고, 혼자 웃으면서 글을 써 내려가는 내 모습이 참 기가 막혔을 터인데도 조용히 잘도 버티어 주었지요.

그런가 하면 완성된 원고를 꼼꼼히 읽어 준 수많은 학생들이 있었습니다. 내가 이름을 일일이 들 수 없는 그 모든 친구들에게도 마음다해 감사를 드립니다. 여러분들이 날카롭게 지적해 준 문제들을 나는 하나 빠짐없이 다 읽었고, 내가 받아들일 수 있는 것은 다 고쳤습니다. 지적을 받았는데도 고쳐지지 않은 부분들은 그럴 수밖에 없었던 이유들이 있었던 것이니, 여러분의 지적을 무시한 게 아니란 점을 알아주기 바랍니다.

또한 산책길에 중요한 정보를 알려 주신 김서정 선생님, 오랫동안

이 글이 완성되기를 기다려 주신 최윤정 선생님과 '바람의아이들' 식구들, 근사한 표지를 만들어 주신 송영미 선생님, 그리고 토지문화관이란 공간과 그곳에 계신 모든 분들…… 무슨 말로 이 감사의 마음을 전해야 할지 그저 아득할 뿐입니다.

2004년 4월

원주 매지리에서 이경혜

어느 날
내가
죽었습니다

이경혜 지음
초판 1쇄 발행 | 2021년 3월 10일
    4쇄 발행 | 2022년 8월 20일
펴낸이 | 최윤정
펴낸곳 | 바람북스
만든이 | 유수진 김지윤 한윤정
디자인 | 이아진
등록 | 2003년 7월 11일 (제312-2003-38호)
주소 | 03035 서울특별시 종로구 필운대로116 신우빌딩 501호
전화 | (02) 3142-0495   팩스 | (02) 3142-0494
이메일 | barambooks@daum.net
제조국 | 한국
구독연령 | 10세 이상

ISBN 979-11-973817-0-6 [03810]